der schönste ort der welt

Derk Visser wurde 1959 geboren und lebt mit seiner Familie in Friesland. Der gelernte Fachmann für audiovisuelle Technologien und Kommunikation begann durch Zufall als Sozialarbeiter mit Jugendlichen zu arbeiten, und blieb dabei. Die Probleme, die Jugendliche aus sozial benachteiligten Milieus haben, sind ihm nur zu vertraut. Wie Kinder und Jugendliche die Welt wahrnehmen, greift er als Thema auch immer wieder in seinen Kurzfilmen auf. Sein Debüt Roman »Patchouli« (Van Goor, 2005) schaffte es auf die Shortlist der Jonge Jury (von Kindern und Jugendlichen gewählter niederländischer Literaturpreis).

Rolf Erdorf wurde 1956 geboren, studierte Germanistik und Niederländische Philologie. Heute arbeitet er hauptberuflich als Übersetzer aus dem Niederländischen. 2005 wurde er mit dem *Martinus Nijhoff Prijs*, 2006 mit dem *Deutschen Jugendliteraturpreis* und dem *Gustav-Heinemann-Friedenspreis* ausgezeichnet.

derk visser

der schönste ort der welt

roman

übersetzt aus dem niederländischen von rolf erdorf

Der Verlag dankt der Niederländischen Literaturstiftung
für die Förderung der Übersetzung.

1. Auflage
Die Originalausgabe erschien 2007 unter dem Titel
»Patatje Oorlog« bei Nieuw-Amsterdam, Amsterdam

Umschlag & Satz: Richard K. Breuer, Wien
Gesetzt aus der Calluna von Jos Buivenga, exljbris font foundry
Umschlaggestaltung mit einem Foto von Klemens Oezelt @ fotolia.com

Printed in Hungary
Original ISBN 978-3-9523504-6-1

www.staudt-verlag.ch

für Wil

1

Der Messergriff ist vorgeformt, aber für eine viel größere Hand als meine. Es hat eine gezackte Schneide.

„Fertig?", fragt Kelly.

Ich ziehe einen heruntergerutschten Bikiniträger hoch und atme tief ein. „Fertig." Vorsichtig setze ich die Spitze in die Innenseite meiner Hand.

„Warte!" Kelly fischt noch schnell ein paar Tempos aus ihrer Strandtasche und steckt sie neben die Schachtel Zigaretten in ihr Bikinihöschen. „Fertig", sagt sie. Ihre Stimme bebt. Sie stemmt die Hände in die Seiten und ich fange wieder an und drücke mir die Klinge in die Hand. Ein Schauder durchzieht meinen Arm, die Haut federt mit.

„Fester", sagt Kelly.

„Tu ich ja schon! Das Messer ist stumpf."

„Es ist kein Messer, sondern ein Dolch." Sie macht eine kurze, sägende Bewegung. „Du musst schneiden, nicht stechen."

„Bring nächstes Mal ein richtiges Messer mit und nicht so ein stumpfes!"

Meine Stimme bebt auch. Ich beiße die Zähne zusammen, lege meine Finger in die Form des zu großen Griffs und ziehe einen kleinen Strich über meinen Handballen. Tränen schießen mir in die Augen. Der Strich wird erst weiß, dann rosa und danach langsam rot. Meine Hand fängt an zu prickeln. Als ich eine Faust mache, tritt Blut aus, das vor meinen Füßen in den Sand tropft.

„Tut es weh?“, fragt Kelly.

„Nein.“

„Aber du weinst.“

„Tu ich nicht.“

„Aber ich sehe es doch!“

„Mir sind Tränen in die Augen geschossen.“

„Du weinst.“

„Es ist wie mit Cola. Wenn du einen Schluck nimmst und es dir in den Augen prickelt.“ Ich gebe Kelly das Messer. „Jetzt du.“

Langsam schabt sie mit dem Daumen über die Schneide und macht dabei ein Gesicht, als hätte sie Ahnung von Stichwaffen. Dann setzt sie sich die Messerspitze in die Handfläche.

„Fertig?“

„Fertig.“ Mit einer kurzen Bewegung zieht sie einen kleinen Strich über die Haut.

„Siehst du, dass es stumpf ist?“, sage ich. Sie sticht. Tränen schießen ihr in die Augen. Es blutet, ihre Finger zittern. Ich nehme sie und unsere Hände umklammern sich wie beim Armdrücken, unsere Knöchel werden weiß und unser Blut mischt sich. Das Seesalz beißt in unsere Wunden. Ich spüre mein hämmerndes Herz im ganzen Körper, als wollte es mein gesamtes Blut zu ihrer Hand pumpen. Wir schauen uns an. Die Abendsonne färbt ihre braunen Augen rot, nur das Innerste bleibt schwarz. Tiefschwarz. Unser Blut mischt sich. Kelly fließt durch mich. Und ich durch sie. „Wir sind eins", sage ich.

„Für immer", antwortet Kelly. Ich wische mit dem Zeigefinger Sand von ihren Sommersprossen. Kleine Schweißtropfen kullern ihr von den Schläfen zum Hals. „Ich sehe mich in deinen Augen. Du weinst."

„Du auch."

„Ich schwimme in deinen Augen." Mein Haar weht hoch und flattert ihr in den Mund. Kelly versucht, die Strähnen auszuspucken, aber sie bleiben kleben. „Deine Haare schmecken nach Meer", sagt sie. Ihre Finger gleiten weg und meine Hand fällt an mir herunter, und ohne etwas zu sagen setzen wir uns auf die Bank; die vergessene Bank, wohin nie jemand kommt, bewachsen mit Moos und versteckt hinter wilden Sanddornsträuchern. In die Holzlehne ist ein Herz geritzt. Unser Herz. Darum herum unsere Namen. „Komm her", sagt Kelly. Mit einem Tempotaschentuch tupft sie mir das Blut von der Hand, bevor sie es mir wie ein Stück Verbandmull auf den

Schnitt legt. Ich schließe meine Finger darum.

Vor uns steht die Sonne direkt über dem Horizont. Sie ist knallrot, noch einen Augenblick und sie berührt das Meer. Ich ziehe meinen Bikiniträger über die Schulter und schmiege mich an Kelly.

„Die Sonne wird bald untergehen“, sagt sie, „die Teletubbies sagen auf Wiedersehen.“ Sie winkt.

„Das ist der Vorteil an unserer Stadt“, sage ich. „Dass wir sehen können, wie die Sonne untergeht.“

„Ich mag sie“, sagt Kelly, „unsere Scheißstadt.“ Sie beugt sich über ihre Strandtasche. Auf ihrem Rücken ist ein Abdruck des Herzens aus der Lehne. Ich lege meine Hand darauf und fühle, wie es unter meinen Fingern pocht.

2

Nach einigem Suchen in der Strandtasche findet sie ihre Sonnenbrille. Sie schiebt sie sich auf die Nase und ihre Augen verschwinden hinter zwei großen, grünen Gläsern. Die Plastikdiamanten glitzern in dem roten Licht der untergehenden Sonne. Kelly holt die Zigarettenschachtel aus ihrem Bikinihöschen, schlägt die Beine übereinander und schaut aufs Meer hinaus. Sie sieht aus wie ein Filmstar an ihrem Privatstrand. Ein vierzehnjähriger Filmstar.

„Gib mir auch mal eine", sage ich.

„Du hattest aufgehört", sagt Kelly.

„Hatte." Ich halte die Hand auf.

„Du hast aufgehört." Mit einer raschen Bewegung versuche ich, ihr die Zigaretten aus der Hand zu nehmen, aber sie springt auf und streckt die Arme in die Luft. „Du bist süchtig!" Sie geht ein paar Schritte zurück und schaut mich mit einem neckenden Lächeln an. Ich springe auf sie zu und fasse sie am Arm, doch sie setzt mir ihr Knie in den Bauch und schubst mich weg. Sie stellt sich auf Zehenspitzen und macht sich so groß, wie sie nur kann. Sie verdient den Kitzeltod.

„Gib her", sage ich. „Sie gehören genauso mir!" Ich packe sie an den Schultern, stelle ihr ein Bein und werfe sie auf den Boden. „Gib her!"

„Du hast aufgehört!"

„Ich hatte!" Ich greife nach ihren Armen. Sie wehrt sich, oder sie tut so, denn mit einer kurzen Drehung sitze ich auf ihr und drücke ihr die Arme zu Boden. Sie hält den Atem an und beißt die Zähne aufeinander. Zuerst kitzele ich sie unter den Achseln, aber als sie ihre Arme an sich presst, setze ich meine Finger auf ihren Brustkorb und bearbeite ihre Rippen. Ich habe sie fest im Griff und gebe ihr den Kitzeltod. Sie dreht und windet sich und schreit.

„Ich ergebe mich", ruft sie, „ich ergebe mich!" Aber ich habe kein Mitleid und mache weiter, genau so lange, bis sie in meinen Armen stirbt. Vor Lachen. Dann erst lasse ich sie los. Sie keucht und ihr Körper dampft noch vor Schweiß. Langsam erschlafft sie und ihr Kiefer fällt herunter. Ich schiebe ihr die Sonnenbrille über die Stirn und sehe, wie sie rasch die Augen schließt. Ich lege meine Hand darauf.

„Erwache zum Leben, mein Kind", sage ich mit feierlicher Stimme. „Und gib mir deine Zigaretten." Ihre Augen öffnen sich und sie blickt um sich wie Dornröschen, nachdem es hundert Jahre geschlafen hat.

„Wo bin ich?", fragt sie.

„An meinem Strand.“ Mit einer großen Geste beschreibe ich den Horizont. „Das alles gehört mir. Von dort … bis dort, gehört alles mir.“

Dornröschen schaut mich an, zuerst abwesend, aber dann scheint sie mich plötzlich wiederzuerkennen. „Aber du bist … du bist die süchtige Prinzessin!“, sagt sie.

„Ich bin nicht süchtig. Ich bin einfach eine Prinzessin. Genau wie du.“

Dornröschen schiebt sich die Sonnenbrille wieder vor die Augen. „Wenn das so ist …“ Sie denkt nach und wirft dann mit einer zierlichen Geste die Zigarettenschachtel in den hohen Strandhafer.

„Mist.“ Ich lasse sie los und gehe zu der Stelle, wo die Schachtel ins Gras gefallen ist. „Ich will einfach eine rauchen. Ich bin nicht süchtig.“

„Rauchen kann tödlich sein“, sagt Kelly.

„Na und?“ Ich biege den Strandhafer auseinander, sehe die Schachtel aber nirgendwo liegen.

„Du hast einen schönen Po“, sagt Kelly. Ich tue, als würde ich sie nicht hören, meine Hände suchen weiter zwischen dem Gras. „Joy …“ Ich ziehe mein hochgerutschtes Bikinihöschen über meine Pobacken, vor mir liegt die Zigarettenschachtel. Rauchen ist tödlich. Ich reiße die Folie auf und rieche den frischen Tabak. „Du könntest gut nen String tragen“, sagt Kelly.

„Hier." Ich gebe ihr eine Zigarette. Sie zündet sie an, inhaliert und erstickt beinahe. Ihre Schultern zucken und ihr Gesicht läuft rot an, sie schnappt nach Luft. Ihre Lippen werden blau und ich schlage ihr mit der flachen Hand fest auf den Rücken, wie ich es immer mache, wenn sie an einer Zigarette erstickt.

Es gefällt mir, dass sie von meinem Po anfängt. Sie ist neidisch darauf. Nachdem sie sich erholt hat, sage ich: „Ich brauche keinen String." Sie räuspert sich und wischt sich die Spucke vom Mund. Langsam kehrt ihre zarte Gesichtsfarbe zurück und ihre Lippen werden wieder rosa. Ich gehe zum Dünenrand und stelle mich mit dem Hintern zu ihr. Ich versuche, meine Zigarette anzuzünden, aber der Wind bläst das Streichholz aus. Der Strand vor mir ist leer. Eine letzte Gruppe Jungs rollt die Handtücher zusammen und schlendert zum Strandpavillon. Ein Ball weht unten am Wasser entlang, der Strand wird schmaler. Es sind keine Leute mehr da, nur noch einige Möwen, die sich um einen vollen Mülleimer zanken. Kelly stellt sich neben mich.

„Ich leihe dir einen."

„Strings scheuern", sage ich.

„Billige schon."

Aus dem Strandpavillon rennt ein Hund auf die zänkischen Möwen zu. Mit einem großen Sprung versucht er, eine aus der Luft zu schnappen, aber die

Möwen fliegen auf, stieben kreischend auseinander. Der Hund springt und springt und aus sicherer Höhe lachen die Möwen ihn aus.

„Für dich würden die Jungs Schlange stehen", sagt Kelly.

„Ich brauche keine Schlangen von Jungs."

Sie schlingt die Arme um sich und zieht das Gesicht einer verliebten Filmschauspielerin in Großaufnahme, die auf ihren Liebhaber wartet. „Ein süßer Typ, der dir morgens Champagner ans Bett bringt und dir Schmuck und Ringe kauft. Einer, der dich tröstet."

„Meine Mutter trägt Strings", sage ich.

„Deine Mutter?"

„Riesendinger."

„Muss wohl so sein."

„Ich hasse Strings."

„Ich nicht."

Der Hund beim Mülleimer ist die Sache leid. Er will nicht länger von dem Schwarm feiger Möwen ausgelacht werden und rennt zur Strandbude zurück. Wir plumpsen neben meine Tasche in den Sand. Ich setze meine Sonnenbrille auf und kämme mir die Haare zurück. Ich schaue hinaus über den Strand. Ich bin ein Filmstar. Einer mit einem schönen Hintern.

„Als ich zwölf wurde, bekam ich von meiner

Mutter meinen ersten String“, sage ich. „Und meinen letzten.“ Kelly schaut unter das Papiertaschentuch in ihrer Hand. Sie tupft. „Erst als alle meine Unterhöschen in der Wäsche waren, habe ich ihn angezogen. Ohne hinzusehen. Und am Ende des Tages war mein Po an der Innenseite so wund, dass ich kaum mehr laufen konnte.“

„Du darfst auch keine billigen tragen. Sag das deiner Mutter.“

„Als ich nach Hause kam, habe ich den String in eine leere Milchtüte gestopft und die dann in den Müllcontainer geworfen. Meiner Mutter habe ich erzählt, ich hätte ihn beim Sport im Umkleideraum verloren.“

„Von billigen Strings bekommt man Hämorrhoiden.“

Ich schmiege den Kopf in ihren Schoß und winkele meine Knie an. Sie legt ihre Hand auf meine Wange. „Im Fernsehen waren so Jungs, die Soldaten mit selbstgemachten Steinschleudern beschießen.“

„Was ist damit?“, fragt Kelly.

„Mit einem String von meiner Mutter geht das auch, Soldaten mit Steinen beschießen.“

„Dass solche Größen überhaupt verkauft werden!“

„Kevin hat es einmal gemacht. In der Pause Niederlande-Deutschland. Er hat sich einen String meiner Mutter aus dem Wäschekorb geangelt und ist damit auf die Straße gerannt. Er hat ihn durch die Luft gewedelt, genau wie die Jungs im Fernsehen. ‚Attacke!', schrie er. Meine Mutter rauchte gerade mit der Nachbarin auf dem Gehweg eine Zigarette. Sie spielte mit …"

„Mit welcher Nachbarin?"

„Sie suchte Deckung hinter einem Müllcontainer und rief: ‚Hilfe, Hilfe!'" Ich stehe auf und mache meine Mutter nach, die von ihrem kleinen Sohn gesteinigt wird, und verstecke mich hinter Kelly, die vorübergehend der Müllcontainer ist. „Das Schlimmste war, wenn wir mit meiner Mutter zum Strand gingen und sie einen String trug." Kelly kratzt sich das getrocknete Blut von der Hand. Sie geht mit dem Finger über den kleinen, roten Schnitt. „Kevin war zu klein, um sich zu schämen, aber ich legte mich immer ein Stück weit von ihr weg. Nahe genug für sie und weit weg genug für die anderen, die nicht denken sollten, wir gehörten womöglich zusammen."

„Manchmal hätte ich Lust, meine Mutter windelweich zu prügeln", sagt Kelly. Sie bläst einen Rauchkringel in die Luft. „Hast du das nie?" Der Kringel weht mir ins Gesicht und ich atme Kellys Rauch ein.

„Ich finde deine Mutter sehr nett", sage ich.

„Aber nur, weil sie meine Mutter ist, weil sonst …"

„Wie kann man jemanden, den man nett findet, windelweich prügeln?"

Sie zuckt mit den Schultern. „Manchmal könnte ich ihr etwas antun. Und dann weggehen und nie mehr wiederkommen."

„Stell dich nicht so an."

„Ich stelle mich nicht an, es ist einfach so. Hast du das nie?" Sie schnippt ihre Zigarette weg und befeuchtet sich die Lippen mit der Zunge. „Hast du das nie?"

„Vielleicht sind es ja Strings, mit denen die Jungs Steine auf die Soldaten werfen", sage ich. „Und keine Schleudern."

„Ich fragte: Hast du das nie?" Als ich nicht antworte, dreht sie ihr Gesicht zum Meer und starrt vor sich hin und eine Weile sagen wir nichts. Ich versuche, meine Zigarette wieder anzuzünden, es klappt. Ich inhaliere. Der Rauch schneidet mir in die Lungen, mir wird schwindelig. Das Meer schaukelt und aus den Dünen um mich herum werden Berge. Ich halte mich an Kelly fest und kneife die Augen zusammen. Ich sehe ihre Mutter vor mir. Sie torkelt betrunken durchs Zimmer, sie dreht sich und verliert das Gleichgewicht. Kelly schlägt ihr ins Gesicht, Blut läuft ihr aus der Nase und sie klappt zusammen und schnappt nach Luft, als würde sie an ihrem eigenen Blut ersticken. Sie sinkt in die Knie und fällt auf den Boden.

„Geht es?", fragt Kelly. Ich öffne die Augen und

ihre Mutter ist weg. Die Berge um uns herum werden wieder zu Dünen und das Meer schaukelt nicht mehr. „Du musst wirklich aufhören zu rauchen", sagt sie.

„Verstehst du das?", sage ich. „Dass man Bilder im Kopf sehen kann? Dass man die Augen zu haben und trotzdem alles Mögliche sehen kann?"

3

„Da“, sagt Kelly. Sie zeigt auf einen Raubvogel, der mit weit gespreizten Flügeln schräg über uns in der Luft hängt. Er lauert wie reglos auf eine Beute im Strandhafer.

„Sieht aus, als würde er beten“, sage ich. Kelly faltet die Hände und schaut zum Himmel. Ich nehme vorsichtig einen zweiten Zug von meiner Zigarette, es bleibt still in meinem Kopf. „Beten vor dem Essen.“

„Heilige Maria, Mutter Gottes, bitte für uns Sünder!“ Kelly lacht. Der Raubvogel stürzt auf eine unsichtbare Beute herab, nicht weit von uns entfernt.

„Ich bin Vegetarierin geworden“, sage ich.

Kelly schaut mich an. „Ich denke, das werde ich auch.“ Zwei klappernde Vogelschwingen tauchen über dem Strandhafer auf. „Das ganze Männerfleisch ...“ Ich nehme ihre Strandtasche. „Was suchst du?“, fragt sie.

„Aftersun.“ Ich schaue in die Tasche. „Dein Rücken ist rot.“ Ein Paket mit rosa Himbeerkeksen liegt zerdrückt zwischen zwei Dosen Cola und Kellys überquellender Toilettentasche. An der klebrigen Flasche mit Aftersun pappt ein Foto von einem Jungen.

„Was ist das?“, frage ich.

„Danny Solares“, sagt Kelly.

„Das sehe ich. Was willst du mit Danny Solares?“

Sie reißt mir das Foto aus der Hand. „Nichts.“

Ich lasse ihre Strandtasche fallen. „Wir wollten doch nur Jungs nehmen, die wir nicht kennen und die wir später nie mehr wiedersehen. Und wir wollten auch keine Fotos von ihnen annehmen.“

„Ich dachte, er würde lieb sein.“

„Wir wollten es nicht bei Bekannten tun und außerdem auch nicht alleine.“

„Ich kenne ihn doch gar nicht“, sagt Kelly.

„Jeder kennt Danny Solares.“

Sie streichelt ihm mit dem Zeigefinger übers Gesicht. „Ich kenne ihn nicht gut.“

„Wer tut das schon?“ Wir schauen uns an. Ich sehe ihre Augen nicht, sondern nur das grüne Spiegelglas ihrer Sonnenbrille.

„Sein Mund war weich“, sagt sie. „Er hat mich geküsst.“

„Wir küssen nicht.“

„Er hat mich geküsst!“

Ich sehe einen Knutschfleck in ihrem Hals. „Wir holen ihnen bloß einen runter“, sage ich. „Wir müssen uns an die Vereinbarungen halten. Hat er bezahlt?“

„Nein.“

„Na siehst du.“

„Als ich mit den Zigaretten wiederkam“, sagt Kelly, „war er verschwunden.“

Ich reiße ihr das Foto aus der Hand. Danny Solares, an einen Türpfosten gelehnt. Seine weite Jeans hängt ihm tief auf den Hüften. Sein wehendes schwarzes Haar. Er sieht aus wie ein Filmstar. Auf dem Foto fehlt nur noch seine Unterschrift. Ich streichele mit dem Daumen über seinen nackten Bauch. Er lächelt nicht, er lächelt nie. Schwarzes Haar. Die schönsten Augen der Stadt. Unergründlich wie die Tiefe des Meeres.

„Danny Solares ist ein Arschloch.“ Ich gebe Kelly das Foto zurück und sie stellt sich mit dem Rücken zu mir. Den Abdruck unseres Herzens noch zwischen ihren Schulterblättern. Der Sand festgeklebt an ihrem Bikinihöschen. Sie hat einen knochigen Po. Wenn sie sich einem auf den Schoß setzt, tut es angenehm weh. Ich betrachte den Schnitt in meiner Hand. Er hat aufgehört zu bluten.

„Ich wollte es schon wegwerfen“, sagt sie.

„Wir müssen uns an die Vereinbarungen halten. Sonst verarschen sie uns.“ Kelly zerreißt das Foto und wirft die Schnipsel weg. „Arschloch!!!“, schreie ich Danny Solares an. Der Raubvogel im Strandhafer erschrickt und schießt mit breitem Flügelschlag davon. Wir sehen, wie er ein haariges Knäuel aus den

Klauen fallen lässt. Ein blutiges Knäuel.

„Igitt!", ruft Kelly und schlägt sich die Hände vors Gesicht. „Igitt!" Ich gehe vor, hin zu dem Knäuel, das zwischen dem Gras verschwunden ist. „Was ist es?", fragt Kelly. Ich bücke mich und biege den hohen Strandhafer auseinander. Zwei Augen schauen mich an. „Was ist es?"

„Igitt", flüstere ich.

„Joy?"

„Ein Kaninchen."

Kelly fasst mich an den Hüften und wagt einen Blick über meine Schulter. „Verdammt", flüstert sie. Es liegt stocksteif im Strandhafer und starrt uns mit glasigen Augen an. Blut läuft ihm aus dem Maul. Sein Bauch geht sehr schnell auf und ab. „Tu etwas!", sagt Kelly. Es versucht sich aufzurichten und strampelt und schlägt mit seinen Pfötchen um sich, aber es klappt nicht, es bleibt auf der Seite liegen und hört auf zu atmen. Das Fell in seinem Nacken ist weggepickt und auf seinem Rücken sind einige lose Haarbüschel, die von einem Windstoß davongepustet werden.

„Tot", flüstere ich.

„Arschloch!", schreit Kelly dem verschwundenen Raubvogel irgendwo über uns hinterher. Das Kaninchen erschrickt und fängt wieder an zu strampeln.

„Es lebt noch."

„Es ist voller Blut."

„Das sehe ich. Wir müssen etwas tun."

„Was denn?"

„Keine Ahnung." Ich gehe in die Hocke und strecke vorsichtig die Hände nach ihm aus. Mit einem kurz Dreh wirft es sich plötzlich auf den Bauch. Ich höre es röcheln und keuchen, das Blut rinnt ihm aus dem Maul. Er krabbelt hoch.

„Es kommt auf uns zu", sagt Kelly. Sie weicht zurück, als käme ein Pitbull angerannt. „Ksch-ksch!", versucht sie es zu verscheuchen.

„Jetzt hab dich nicht so", sage ich. Das Tierchen stolpert. Es schaut mich mit hervorquellenden Augen an. Wenn ich meine Finger strecke, könnte ich es berühren, aber ich traue mich nicht.

„Es stirbt", sagt Kelly.

„Tut es nicht." Ich kneife die Augen zu. „Nicht sterben!", flüstere ich. Seine Schnurrhaare kitzeln meine Finger. Ich öffne die Augen.

„Es stirbt", sagt Kelly. „Ich fühle es."

„Halt den Mund."

„Seine Augen quellen hervor. Das ist ein Zeichen."

„Woher weißt du das?" Es atmet schneller, als ich zählen kann.

„Seit wann kennst du dich mit Kaninchen aus?"

„Du hättest besser den Mund gehalten", sagt Kelly. „Dann hätten wir es gar nicht bemerkt, dann wäre der Vogel nicht weggeflogen und es wäre längst tot."

„Ganz ruhig", flüstere ich dem Kaninchen zu. Als ich meine Hände um es schließen will, schießt es weg. „Mist!" Ich richte mich auf und gehe in die Richtung, wo es im Gebüsch verschwunden ist. Es ist nirgendwo mehr zu sehen. Ich suche nach einer Blutspur.

„Komm", sagt Kelly. „Das findest du ohnehin nicht mehr." Sie geht zur Bank zurück. „Los, komm schon, ehe es wiederkommt!" Sie sucht in ihrer Tasche und holt die Schachtel Zigaretten hervor.

„Wir hätten es retten können", sage ich. Ich gehe rückwärts zu unserer Bank und wäre fast über Kellys Strandtasche gestolpert. „Jetzt stirbt es irgendwo ganz allein." Ein Stückchen Foto van Danny Solares liegt vor mir im Sand. Es ist sein Unterleib, seine blaue Jeanshose. Ich stelle mich darauf und drehe meinen Fuß, als würde ich eine Zigarette austreten.

4

„Du hast Blut an den Füßen“, sagt Kelly.

„Unser Blut“, sage ich.

„Oder das von dem Kaninchen.“

„Unseres.“

„Komm“, sagt sie. „Wir gehen runter zum Meer.“

„Pst!“ Ich bleibe still. Selbst der Wind weht jetzt zu sanft, um Geräusche zu machen.

„Wer zuerst da ist“, sagt Kelly. Sie tritt ihre Slipper aus und dreht sich dem verlassenen Strand zu. Sie hat das Kaninchen schon wieder vergessen. Oder sie will es vergessen haben.

„Geh du nur“, sage ich.

„Wer zuerst am Wasser ist.“ Sie rennt los und stürzt sich mit großen Sprüngen die Düne hinab. Ich setze mich auf die Bank. Bei der Abfalltonne fliegen die Möwen kreischend auf, als Kelly vorbeirennt. Sie breitet die Arme aus und einen Augenblick lang scheint es, als würde sie aufsteigen, den Möwen hinterher. Sie läuft schnell, schneller als ein Hund. Ich schaue mich um, um zu sehen, wo sich das Kaninchen versteckt hat, zwischen den Sträuchern oder hinter unserer Bank, aber es ist verschwunden. An einen stillen Ort gekrochen, um zu sterben, denke ich. Vielleicht hatte es hier in der Nähe eine Höhle. Und vielleicht hatte es Verwandte. Womöglich hinterlässt es Kinder. In Gedanken sehe ich das Kaninchen zu einer verlassenen Dünendelle kriechen. Niemand sieht es, ausgenommen ich. Langsam schließen sich seine Augen. Ob es das auch hat, dass es, kurz bevor es stirbt, noch einmal vor sich ablaufen sieht, wie es gelebt hat? Dass es am Rand des Todes sein Leben noch einmal als Film an sich vorbeisausen sieht? Genau wie die Menschen. Angefangen bei dem Nest, in dem es an seine Geschwister geschmiegt dagelegen hatte, über den Augenblick, als es ein Weibchen fand und sie zusammen Junge bekamen, bis hin zu den Klauen des Raubvogels, die es im Nacken fassten. In einer Sekunde von einem unsichtbaren Satelliten zu seinem Kopf gesendet, die Bilder seines Lebens, direkt bevor es stirbt.

Kelly steht mit dem Rücken zu mir am Wasser. Sie schaut hinaus über unser Meer. Ihre Schultern zucken, als würde sie an einer Zigarette ersticken. Oder weinen. Ich stehe auf und renne die Düne hinunter. Ich laufe auf sie zu und höre, als ich näher komme, dass sie nicht weint, sondern hustet. Sie spuckt Schleim aus. Ich stelle mich neben sie ins Meer und lasse die Wellen gegen meine Fußknöchel schwappen. Das Blut an meinen Füßen weicht langsam auf und macht das Wasser um sie herum rosa. Kleine silberne Fische schwimmen um meine Gelenke und geben mir Küsschen. Es kitzelt. Vielleicht mögen sie mich einfach. Wir schauen in das Meerwasser und sehen uns selbst widergespiegelt.

„Wir sind blond", sagt Kelly.

„Und dumm."

„Wir sehen gut aus." Sie winkt sich selbst zu. „Wir sind nicht dumm. Wir tun dumm." Sie nimmt meine Hand und zieht mich mit ins Wasser, wir beide bis zum Bauchnabel. Die untergehende Sonne berührt das Meer. Wir hören es zischen. Eine rote Glut verbreitet sich über den Horizont.

„Komm", sagt Kelly. „Wir schwimmen dorthin, wo die Sonne untergeht. Und wenn wir da sind, legen wir uns auf den Rücken und lassen uns treiben. Und dann warten wir, bis es wieder hell wird."

„Ich gehe nicht weiter als bis dahin, wo ich stehen kann."

Kelly dreht sich zu mir. „Die Beine breit!" Sie taucht und verschwindet unter Wasser. Ich stelle die Füße auseinander und fühle, wie sie in den weichen Boden sinken. Warme Wellen kommen auf mich zu. Zwei Hände umfassen meine Knie, ein Körper zwängt sich zwischen meine Beine, und Füße stoßen sich an meinem Hintern ab. Danach kommt Kelly hinter mir wieder hoch und spuckt einen Schluck Meerwasser im hohen Bogen in meine Richtung. „Jetzt du bei mir."

„Ich kann nicht so lange unter Wasser."

Sie kommt einen Schritt näher. „Los, tauchen!"

„Es gibt hier Strömungen."

„Tauchen!" Kelly zeigt auf das Wasser. Ich lasse mich langsam bis zum Kinn ins Meer sinken.

„Wenn ich ersaufe, dann bist du schuld."

„Mach schon!"

Ich hole ein letztes Mal Luft, drücke mein Gesicht ins Wasser und versuche, ihre Beine zu sehen, aber das Wasser ist zu trübe. „Ich sehe nichts", sage ich, während ich mich wieder aufrichte.

„Jetzt mach endlich!"

Ich mache einen Stoß und fange an zu schwimmen, ich verschwinde unter Wasser, sehe aber keine Beine. Zwei Stöße weiter greife ich nach Knien, die nicht da sind. Mein Bauch schabt über den Boden, ich fühle eine Strömung, ich schlucke Wasser, greife nach der Oberfläche und komme wieder hoch. Das Salzwasser brennt mir in den Augen. Ich reibe darin. „Scheißmeer." Als ich hochschaue, ist Kelly weg. Das Meer ist glatt. „Kelly." Ich drehe mich um. „Kelly!" Mir stockt der Atem. „Scheißmeer!" Ich fühle eine Strömung. „Kelly!" Vor mir, ungefähr drei Meter entfernt, beginnt die Oberfläche plötzlich zu brodeln.

Dann springt Kelly aus dem Wasser. Sie lacht.

„Dumme Kuh!“ Ich schlage ihr einen Schwall Wasser ins Gesicht, drehe mich um und gehe zurück an den Strand.

„Joy!“

„Dumme Kuh!“, rufe ich wieder.

„Ich wollte dir ja entgegenschwimmen“, ruft sie, „aber du warst nirgendwo.“ Kelly kommt mit patschenden Sprüngen hinter mir her. Sie versucht, mich einzuholen. Wo der nasse Sand in den trockenen übergeht, bleibe ich stehen. Mit dem Rücken zu ihr warte ich auf sie. Vor mir sind Striche und Kringel in den Sand gezeichnet. Buchstaben, als ich richtig hinsehe. Da steht Joy. Ich schaue auf meinen eigenen Namen im Sand. Er ist nicht das einzige Wort. Davor steht Fuck.

„Es tut mir leid“, sagt Kelly, als sie neben mir steht. Sie ist tropfnass. Sie zittert.

„Da“, sage ich. „Sie haben Fuck Joy in den Sand geschrieben.“

Kelly schaut auf die Buchstaben vor uns. „Wer?“

„Was weiß ich.“

Sie geht mit forschendem Blick an meinem Namen entlang, als versuchte sie, die Handschrift wiederzuerkennen. „Hier“, sagt sie. „Da steht noch ein Längsstrich. Da steht I Fuck Joy.“ Kelly läuft durch die Buchstaben und zertritt die Wörter. Ich stehe da und gucke. „Niemand fuckt uns“, sagt sie. Ich gehe zur Bank zurück, um mein Handtuch zu holen. „Niemand fuckt uns!“, höre ich Kelly noch einmal zu sich selbst sagen.

Als ich an der Mülltonne vorbeigehe, stürzt sich eine Möwe direkt vor meinem Gesicht auf den Abfall. Ich zucke zusammen und gehe schnell weiter zum Dünenrand.

„Hilfe!“, höre ich plötzlich hinter mir. Als ich mich umdrehe, sehe ich, wie sich eine Möwe auf Kelly stürzt. Die hat sich hingehockt und die Arme schützend um den Kopf gelegt. „Kelly!“ Eine zweite Möwe schert direkt über sie hinweg und stürzt sich auf den Abfall. Ich renne zurück. Neben ihr im Sand liegt ein abgebrochener Sonnenschirmstock. Eine dritte Möwe segelt auf sie zu. Ich greife den Stock und haue den Vogel aus der Luft. Mit einem dumpfen Schlag fällt er vor meinen Füßen in den Sand. Sein Kopf blutet. Die anderen beiden Vögel kreischen und fliegen aufgeschreckt davon. Die Möwe schaut mich mit einem verwunderten Blick an und versucht, Geräusche zu machen, aber ihr Schnabel ist abgebrochen und sie bringt nur ein Krächzen hervor. Mit ein paar festen Hieben schlage ich sie tot. Ihre Federn fliegen durch die Gegend. „Geht es?!“, rufe ich Kelly zu. Sie hockt bebend auf ihren Fersen.

„Nein!“ Ich lasse den Stock aus der Hand fallen.

Die anderen Möwen erheben ein Geschrei, denn eine von ihnen ist tot.

„Fuck off!“, schreit Kelly. Sie nimmt eine Handvoll Sand und bewirft sie damit.

5

Meine Finger sind verkrampft und scheinen den Sonnenschirmstock immer noch festzuhalten. „Komm“, sage ich und wir gehen zur Bank zurück. Kelly lässt sich führen. Erst als wir die Düne hinaufklettern, spüre ich meine Hände wieder. Bei der Bank zündet sich Kelly eine Zigarette an. Ich strecke meine Finger und lege meinen Arm um sie. Sie saugt den Rauch in sich hinein, das Ende der Zigarette glüht auf. Wir beobachten die Stelle, an der wir die Möwe zurückgelassen haben. Die anderen haben sich auf sie gestürzt und picken ihren Bauch leer.

„Sollen wir weglaufen?“, sagt Kelly. Ich zünde mir auch eine Zigarette an und versuche, die Aussicht auf die Möwen hinter einem Nebel verschwinden zu lassen.

„Wohin?“

„Nirgendwohin. Einfach weglaufen. Und nie mehr wiederkommen.“ Als sich der Rauch verzogen hat, sehe ich, dass sich mehrere Krähen der Gruppe angeschlossen haben. Sie zanken sich um die Reste der toten Möwe.

„Hier stehen alle hundert Meter solche Naturwegweiser“, sage ich. „Man kann hier nicht nirgendwohin weglaufen.“

„Nachts schleichen wir durch die Dünen und tagsüber schlafen wir in Bunkern“, sagt Kelly.

„Selbst wenn du die Fußwege verlässt, stößt du nach einiger Zeit von selbst wieder auf einen.“

„In Bunkern hat man keinen Empfang, niemand kann uns anrufen.“

„In den Bunkern gibt es Fledermäuse.“

„Die verjagen wir. Dann nimmst du einen Stock und schlägst sie tot.“

Kellys Fantasie geht mit ihr durch. Sie schaut ins Nichts und sieht uns als zwei Abenteurerinnen durchs Leben gehen.

„Die Tiere gibt es zu Hunderten“, sage ich. „Sie kommen immer zurück, und wenn du schläfst, beißen sie sich in deinem Hals fest und saugen dir das Blut aus dem Leib. Bis du tot bist.“

„Das tun nur bestimmte Fledermäuse“, sagt Kelly. „Und die gibt es hier nicht.“

„Woher weißt du das?“

„Ganz einfach … Wir halten uns mit dem am Leben, was wir in der Natur finden.“

„Pommes aus Mülleimern.“

„Wir gehen nie mehr nach Hause.“

„Cola aus weggeworfenen Dosen.“

„Nie mehr nach Hause.“

„Okay“, sage ich. „Ich mache mit.“ Wir sitzen da und gucken und sagen eine Zeitlang nichts.

„Das von vorhin tut mir leid“, sagt sie. Ich krieche hinter Kelly und drücke etwas Aftersun aus der Flasche. Als ich es ihr auf die Schultern schmiere, erschrickt sie: „Kalt!“ Ich verreibe es langsam über ihren Rücken bis hinunter zum Steißbein.

„Mein Vater schläft in unserem Mercedes“, sage ich.

„Streit mit deiner Mutter?“

„Sie haben den Stern und die Radkappen geklaut.“

„Von dieser Schrottkiste?“

„Er sagt, er möchte die Täter zu fassen kriegen, wenn sie wiederkommen.“

„Glaubst du ihm?“

„Ich weiß nicht.“

„Sie stehlen nie zwei Mal etwas aus demselben Auto. Das müsste dein Vater doch wissen.“

„Er liegt unter einer Decke auf der Rückbank.“

„Bei uns in der Straße haben sie Hakenkreuze auf Autos gekratzt.“

„Mein Vater wartet auf sie.“ Wir drücken unsere Zigaretten aus und zünden neue an. Wir saugen den Rauch in unsere Lungen, ohne zu ersticken. Das hier ist der schönste Ort unserer Stadt, der schönste Ort der Welt. Mit der untergehenden Sonne und unserem roten Meer, unserem Scheißmeer, und unseren Mistzigaretten. Kellys Zigarette hängt in ihrem Mundwinkel. Sie nimmt das Aftersun und spritzt es mir auf die Schultern. Sie verschmiert es. Weil meine Bikiniträger immer herunterrutschen, habe ich keine weißen Streifen. Meine Schultern glibbern unter Kellys Händen. Ich drehe mich um. Ihre Finger gleiten über meinen Rücken bis zum Rand meines Höschens.

„Wir gehen zum Hafen und verstecken uns in einem Schiff", sagt Kelly. „Wir lassen uns um die Welt fahren." Ich kratze die letzten Blutkrusten von meiner Hand. „Am Ende des Ozeans liegt New York. Da kann man die Sonne aufgehen sehen ... Hier geht sie unter, aber da geht sie auf." Ich schaue sie an. Sie krümmt ihre Hände zu einem Fernglas.

„Mach die Augen zu", sagt sie.

„Warum?"

„Wir wünschen uns was." Sie reibt sich mit der Zunge über ihren Schneidezahn, wie bei Aladins Wunderlampe. „Mach die Augen zu." Ich tue, was sie sagt. „Wir sind in New York. Um uns herum schießen die Wolkenkratzer in die Höhe. Siehst du es?"

„Nein."

„Wir klettern in die Flamme der Freiheitsstatue und überblicken von da aus die ganze Welt. Wir sehen die Sonne aufgehen."

Ich öffne die Augen.

„Ich bleibe am liebsten hier", sage ich. „Hier auf unserer Bank." Kelly nimmt einen Zug von ihrer Zigarette und bläst kleine Rauchkringel aus, ich versuche es auch, aber es klappt nicht. Ein Stückchen Foto wirbelt vor mir in den Sand. Ich hebe es auf. „Hier", sage ich. „Der Kopf von Danny Solares."

Kelly nimmt es und betrachtet es. „Danny Solares ist in New York gewesen."

„Sagt er." Ich strecke die Hände aus und schöpfe etwas Sand und lasse ihn wie durch einen Trichter in einem dünnen Strahl wegrieseln. Das letzte Bisschen bleibt wie eine Haut an meinen fettigen Händen kleben.

„Ich bin die Nummer eins in seiner Top Ten", sagt Kelly.

„Wer nicht?"

„Wer schon? Die Nummer eins kann nur eine sein."

„Lass die Finger von ihm", sage ich.

„Danny Solares kennt Leute in New York."

„Danny Solares hat den Kopf einer Schlange." Ich versuche, den Blick in seinen Augen nachzumachen. „Man sieht nicht, was er denkt. Man sieht nicht, ob er einen gleich würgen oder umarmen wird." Ich schaue in Kellys schwarze Augen, in das tiefe Schwarz, und sehe, was sie denkt. „Du liebst ihn", sage ich.

„Tu ich nicht."

„Ich sehe es in deinen Augen. Du liebst ihn."

„Ich liebe niemanden."

„Ich sehe Danny Solares in deinen Augen."

„Ich liebe ihn nicht."

„Wir wollten zusammenbleiben", sage ich. „Daran müssen wir uns halten. Sonst verarschen sie uns." Ich zeige ihr meine Handfläche.

„Ich liebe Danny Solares nicht."

Ich strecke meine Hand zu ihr aus. „Auf das Grab deiner Mutter?"

„Meine Mutter ist nicht tot."

„Aber wenn sie tot wäre."

Sie legt ihre Hand in meine. „Auf das Grab meiner Mutter." Sie schaut auf das Stückchen Foto mit dem Kopf von Danny Solares. Ich gebe ihr meine Zigarette. Sie drückt den Stummel in sein Gesicht. Es verformt sich und seine Augen werden rot und danach violett.

„Seine Hände fühlten sich weich an", flüstert sie. Der Rauch kommt ihm aus den Ohren. Seine Haare verbrennen, wir riechen es.

„Gnade, Gnade!", schreit er.

„Stirb!", sage ich. Dann fasst er Feuer und sie lässt ihn los und in pechschwarzen Schnipseln wirbelt er davon. Wir schauen ihm hinterher.

„Komm", sagt Kelly. Sie schnippt den Zigarettenstummel in den Sand und legt mir ihren Arm um die Schulter. Mit dem anderen umfasst sie meine Hüfte und versucht, mich mit einer Art Judowurf auf den Boden zu kriegen. Ich lasse mich fallen und reiße sie mit. Ihr Körper rutscht über mich. Sie krallt sich an mir fest und versucht einen Klammergriff, aber ich drehe mich weg und wälze mich auf sie. Wir rollen übereinander und klammern uns aneinander fest. Der Sand schmirgelt über unsere Rücken. Er weht uns ins Gesicht, in die Haare und mir in den Mund. Er kriecht in unsere Nabel und scheuert unter meinen Achseln und in meinem Po. Der Strandhafer schneidet uns in die Haut.

„Vater unser im Himmel", ruft Kelly in die Luft, „erlöse uns von dem Bösen!" Dann lassen wir los, legen uns mit dem Rücken in den Sand und saugen die Seeluft in uns hinein. Kelly betrachtet meine Ohren. „Echt Gold?", fragt sie.

Ich befühle die beiden Delfine in meinen Ohrläppchen. „Echt Nepp", sage ich.

„Du hast eine schöne Nase." Kelly streicht über meine Nasenflügel. „Wie eine Prinzessin." Ihre Finger laufen über meine Nase. „Kommt ein Mann die Treppe rauf", sagt sie. „Klingelingeling, klopft an. Guten Tag, ..."

Ich mache den Mund auf. „... Herr Nasemann!" Ich beiße ihr sanft in den Finger.

Die Sonne ist im Wasser verschwunden und nur ihre rote Glut ist noch am Horizont zu sehen. Die ersten Sterne erscheinen am Himmel.

6

Wir latschen zurück zu unserer Bank und ich suche in Kellys Strandtasche nach der Schachtel Zigaretten. Sie wickelt sich in ihr Badetuch. Ein verschlissenes Bambi lächelt mich von ihren Schultern aus an. Was ich finde, ist ein Päckchen Kondome. „WM-Gummis", sagt Kelly, als sie sieht, was ich in der Hand habe. Die niederländische Nationalelf, steht darauf. Deine beste Verteidigung. „Sie sind orange", sagt sie. Mit Orangengeschmack. „Jungs finden das witzig, Orange Gummis."

„Die WM, das war letztes Jahr", sage ich. „Wozu brauchst du Kondome?" Kelly schaut auf die Schachtel.

„Sie sind gut bis zum ... 5. Dezember. Nikolaus." Sie nimmt ein Kondom, reißt die orangefarbene Verpackung auf und holt es heraus. Sie rollt es nicht ab, sondern lässt es einfach auf ihrer Hand liegen. „Joy." Kelly streckt ihre Hand zu mir aus. „Probieren?"

„Wozu brauchst du Kondome?", frage ich noch ein Mal.

„Ganz einfach, was ich sage. Jungs finden das lustig und deine Hände bleiben sauber. Sex und Fußball sind das Einzige, woran sie denken." Kelly leckt vorsichtig mit der Zungenspitze an dem Kondom.

„Wie die das wohl hinkriegen?", überlegt sie. „Schmeckt echt nach Orangen!"

Ich nehme ihr das Kondom aus der Hand und stecke es in die orangefarbene WM-Schachtel zurück. Es riecht nach Apfelsinen, besser als echte. „Mein Vater sagt, wenn wir das nächste Mal die Weltmeisterschaft gewinnen, wäre unsere Straße schon nicht mehr orange."

„Ich hasse Fußball", sagt Kelly.

„Er sagt, in Zukunft würde stattdessen gefeiert, wenn Marokko den Grand Prix Eurovision gewinnt."

„Marokko macht beim Grand Prix überhaupt nicht mit. Sondern die Türkei."

„Mein Vater hasst den Grand Prix", sage ich. „Er hasst Türken."

„Ich nicht."

„Ich auch nicht. Und ich mag den Grand Prix."

„Türken sitzen oft den ganzen Tag auf einer Bank und unterhalten sich."

„Genau wie wir."

„Und sonntags riecht man ihre frisch gebackenen Brötchen in der Straße."

Ich schmiege mich an Kelly. „Manche Türken

erschießen ihre Töchter. Wenn sie vor der Hochzeit vögeln, werden sie erschossen."

„Und wenn sie nicht heiraten wollen?", fragt Kelly.

„Sie müssen."

„Genau wie meine Mutter", sagt Kelly.

„Nur wurde die nicht erschossen."

„Dass eine Mutter das zulässt, dass ihr Kind erschossen wird! Ich bin froh, dass ich kein türkisches Mädchen bin."

„Mir ist es mal so gegangen, dass ich meine Mutter am liebsten erschossen hätte", sage ich. Kelly hört auf zu rauchen und schaut mich erstaunt an. Ich nehme das Messer, das vor uns im Sand steckt. „Sie hatte einen Mann vom Bingo mitgebracht. Als ich nach Hause kam und die Tür zum Badezimmer aufmachte, stand er unter der Dusche. Kein Affe, aber auch kein Mensch. Überall Haare und Fleisch, und überall Fett." Ich steche das Messer mit zwei Händen in den Boden und schneide durch den Sand. „Er seifte sich gerade den Schritt ein." Kelly rutscht an mich heran. „Meine Mutter kam auf den Flur und trug nichts als einen String, gemacht aus bunten Bonbons. Vorne war die Hälfte schon weggegessen. Sie schaute mich an wie ein Kind, das bei etwas Verbotenem erwischt wird." Kelly legt mir ihren Arm um die Schulter, wie immer, wenn ich absichtlich etwas Trauriges erzähle. Es fühlt sich gut an. „Meine Mutter umarmte mich und ich fühlte, wie ihr Bonbonstring an meinem Rock klebte. Sie roch nach Süßem und stank nach Schweiß. Und ich hörte, wie der Mann hinter uns vorsichtig die Badezimmertür zuzog. Meine Mutter flüsterte mir ins Ohr, ob das hier unser kleines Geheimnis bleiben könnte. Das war das Schlimmste ... dass sie mich das fragte. Und sie meinte, ich bekäme auch eine CD, wenn ich den Mund hielt. Da hätte ich sie umbringen können."

„Hast du es deinem Vater gesagt?"

„Nein. Ich stieß sie von mir weg und ging in mein Zimmer und am nächsten Tag kam sie mit einer CD an."

„Von wem?"

„Anouk." Ich lege meinen Kopf auf Kellys Schulter. „Früher gab ich mir alle Mühe, meine Eltern glücklich zu machen, und fand es so merkwürdig, wenn es nicht klappte. Wenn sie sich einfach weiter stritten."

„Und jetzt?", fragt Kelly.

„Jetzt nicht mehr. Jetzt ist es still zu Hause. Besonders wenn mein Vater im Auto schläft."

„Okay."

„Aber wenn es jemals herauskommt und mein Vater mitbekommt, dass ich es weiß ... Darum hätte ich sie erschießen mögen. Aber ich habe es nicht getan."

„Es muss ne Menge passieren, will man seiner Mutter wirklich was antun“, sagt Kelly.

Ich ziehe das Messer aus dem Sand und umklammere es mit beiden Händen und stecke es bis zum Griff in den Boden. „Stille, das ist manchmal schlimmer als Streit“, sage ich.

„Ich weiß.“

„Weißt du, was so eigenartig ist? Es hat mir Spaß gemacht, als ich die Möwe totschlug.“

„So sah es aber nicht aus. Ich hörte ihre Flügel brechen.“

„Auf eine merkwürdige Art war es schön.“

„Du hast nichts an ihr heil gelassen“, sagt Kelly. „Und du bist Vegetarierin.“ Ich hebe verwundert den Kopf. „Das hast du gesagt“, sagt sie, „dass du Vegetarierin bist!“

„Habe ich sie aufgegessen? Es fühlte sich einfach gut an, als ich es tat ... Mist.“

„Was, Mist?“

„Dass sich so etwas gut anfühlt. Das ist Mist.“

„Das Tier hat mich angegriffen“, sagt Kelly, „dann ist es nicht schlimm.“

Wir schauen dorthin, wo die Möwe liegt. Zwei schwarze Krähen sind bei dem toten Tier geblieben und picken die letzten Reste aus seinem Bauch. Überall liegen weiße Federn herum. „Außerdem gibt es genug davon.“

„Genau wie Menschen“, sage ich. „Menschen gibt es auch genug.“

„Jetzt stell dich nicht an.“ Kelly lässt mich los. „Manchmal tut es gut, schlecht zu sein.“

„Jemandem die Hucke voll zu schimpfen.“

„Meiner Mutter.“

„Es erleichtert.“

„Oder jemanden zusammenzuschlagen.“

„Aber meistens tut es mir hinterher leid. Und trotzdem erleichtert es.“

„Nur vorübergehend.“

Ich zünde mir eine Zigarette an. „Dieser Mann in unserer Dusche … er macht das Bingo bei uns um die Ecke. Wenn ich mein Fenster öffne, höre ich ihn die Zahlen rufen. Meine Mutter kommt jede Woche mit irgendwelchen Preisen nach Hause.“ Ich inhaliere und halte den Rauch in der Lunge zurück. Ich warte, bis er mir in den Kopf steigt, bis ich den behaarten Bingomann ausräuchern kann, aber nichts passiert und der Mann steht immer noch mit seinem nassen Körper vor mir. Er seift sich den Schritt ein. „Manchmal gibt es Straßen mit losem Gehwegpflaster“, sage ich. Ich zwinkere einige Male mit den Augen und sehe zum Glück, dass sich der Bingomann langsam im Meer auflöst. „Wenn es regnet und man tritt drauf, dann klatscht einem das Wasser gegen die Beine.“

„Und was ist damit?“

„In den Straßen meines Vaters passiert das nicht. Egal wie sehr es regnet, in ihnen bilden sich niemals Pfützen. Mein Vater hat einmal einen Pokal für die bestgepflasterte Straße der Stadt gewonnen.“ Die Krähen vor uns am Strand beginnen zu krächzen und fliegen weg, sie lassen eine leer gefressene Möwe zurück. „Mein Vater hat in seinem Leben schon mehr als hunderttausend Pflastersteine gelegt. Mit seinen eigenen Händen.“

„Die Straßen in unserer Stadt liegen ständig offen da“, sagt Kelly.

„Die von meinem Vater nicht.“

7

Wir spreizen die Beine und stellen unsere Füße gegeneinander. So bilden wir ein Quadrat. Meine Zehen ragen über die von Kelly hinaus, ihr Zehenballen passt genau in meine Fußhöhle, wie eine Einlage. Kelly zündet sich eine Zigarette an. Sie versucht, den Weltrekord im Kettenrauchen zu verbessern, aber den halte ich schon. „Was würde dein Vater tun, wenn du vor der Hochzeit vögelst?", fragt sie.

„Ich werde nicht heiraten."

„Aber wenn, meine ich."

„Wenn? Dem würde noch nichts auffallen, wenn ich mit sooo einem Bauch herumliefe. Erst wenn ich mit einem schreienden Baby auf dem Schoß dasäße, würde er vielleicht aufschauen und fragen: ‚Nanu, was hast du denn da?'"

„Würdest du es behalten, wenn du schwanger wirst?"

„Ich werde nicht schwanger."

„Aber wenn … würdest du es behalten oder lässt du es wegmachen?"

„Ich will keine Kinder."

„Du lässt es also wegmachen?“

„Wir vögeln nicht“, sage ich, „also werden wir auch nicht schwanger. Wir holen ihnen bloß …“ Ich schaue sie an. „Du hast doch wohl nicht gevögelt?“

„Nein.“

„Hat Danny Solares …“

„Nein.“

Sie zieht ihre Zehen zusammen, die Nägel kratzen über meine Fußsohlen. „Du bist schwanger“, sage ich. „Ich sehe es. Du hast einen kleinen Bauch, das fällt mir jetzt erst auf!“

Kelly schaut auf ihren Nabel. „Jetzt werd wieder normal! Das ist, weil ich so vorgebeugt dasitze.“ Sie legt die Hände auf den Nabel und zieht ihren Bauch zum dünnsten Bauch aller Zeiten zusammen, um zu beweisen, dass kein Kind darin steckt.

„Weshalb sonst hast du davon angefangen?“, frage ich.

„Sie stecken eine Art Staubsaugerschlauch in dich rein, wenn sie es wegmachen.“

Ich schaue sie erstaunt an. „Woher weißt du das?“

„Das sagen sie. So ein Ding wie das, was der Zahnarzt dir in den Mund steckt. Das sich innen an deiner Wange festsaugt, nur größer. Das stecken sie in dich rein.“

„Zum Glück vögeln wir nicht.“

„Das mache ich erst mit dem Wahren", sagt Kelly. „Wenn ich verheiratet bin. Das erste Mal muss etwas Besonderes sein."

„Alle Male müssen etwas Besonderes sein", sage ich.

„Aber vor allem das erste."

„Also kein Danny Solares."

Sie schaut mich an. „Er hat sanfte Hände und dunkle Augen."

„Das ist nichts Besonderes."

„Solares ist nicht sein richtiger Name. Er ist adoptiert."

„Na und?"

„Das ist traurig. Er hat keine richtigen Eltern."

„Wer hat die schon?"

„Seine richtigen Eltern sind tot."

„Sagt er."

„Er ist einsam."

„Aber als du mit den Zigaretten zurück warst, war er verschwunden."

„Vor mir war eine lange Schlange. Es hat Ewigkeiten gedauert."

Ich versuche, Kellys Bauch zu beobachten, ohne dass sie es merkt. Ich richte mein Gesicht auf die Bank und schaue aus den Augenwinkeln auf ihren Bauch. Er ist dicker als normal. Ich bin mir ganz sicher.

„Mein Opa wollte, dass meine Mutter mich wegmachen ließ, als sie mit mir schwanger war", sagt Kelly. Sie drückt ihre Füße an mich und wühlt mit den Händen im Sand, als wollte sie sich daran festhalten.

„Warum?"

„Sie wusste nicht, wer mein Vater war."

Ich schaue sie an. „Und dann?"

„Na was wohl? Sie hat es nicht getan."

Ich streichele mit meinem dicken Zeh über ihre Fußsohle. „Und deine Oma?"

„Die wollte es auch."

„Jedenfalls haben sie sie nicht erschossen."

„Aber danach nie wiedergesehen."

„Eigenartig", sage ich. „Wenn sie sich durchgesetzt hätten, hätte es dich nie gegeben und niemand hätte dich je vermisst."

„Außer meiner Mutter", sagt Kelly. Sie kriecht zu mir und setzt sich neben mich. Ihre Haare kitzeln mir im Nacken. „Dann hättest du eine andere Freundin gehabt", sagt sie. „Wenn es mich nicht gegeben hätte." Sie denkt nach. „Vielleicht bin ich ja diese andere Freundin, und das Mädchen, das eigentlich deine beste Freundin hätte werden sollen, wurde vor ihrer Geburt weggemacht. Und hat nie existiert."

„Hör auf." Ich lege meine Hände auf meinen Bauch. Es rumort und gurgelt darin. Lauter Bewegung. Mein Bauch fühlt sich dicker an als normal.

„Ab wann gibt es einen eigentlich?", frage ich.

„Wieso?"

„Ich meine ... Fängt man an zu existieren, wenn das Herz zu schlagen beginnt ... oder wenn man geboren wird ... oder sobald das Gehirn arbeitet?"

„Ab wann schlägt ein Herz?", fragt Kelly.

Ich schaue über ihre Schulter zu unserem Herzen in der Rückenlehne der Bank. „Das Schlimmste ist, wenn die Leute so tun, als wäre man gar nicht da", sage ich. „Dass Erwachsene mit Kindern tun können, was sie wollen, so als gäbe es sie nicht ... Was machen sie eigentlich mit einem nach einer Abtreibung?"

Kelly zuckt mit den Schultern. „Begraben, denke ich." Sie schaufelt eine Kuhle in den Sand.

„Vielleicht ist es besser, man wird noch weggemacht, ehe man richtig existiert, als dass sie einen später behandeln, als wäre man überhaupt nicht da", sage ich.

„Nicht alle Kinder werden schlecht behandelt", sagt Kelly.

„Nein, nicht alle."

„Es gibt dich, wenn du spürst, dass dein Herz auf einmal schneller schlägt", sagt Kelly. Sie legt ihre Hand auf die Unterseite meiner linken Brust. „Dass es zu pochen anfängt. Dass es dir durch den Körper dröhnt. Dass du spürst, dass du lebst!"

„Ich werde nicht schwanger", sage ich. „Ich will

keine Kinder." Ich wische mir den Sand vom Bauch.

„Kannst du dein Herz schneller schlagen lassen?", fragt sie. Ihre Hand fühlt sich warm an. Ich schließe die Augen und versuche, mein Herz zu fühlen. Es klappt. Es schlägt tatsächlich schneller. „Joy!" Kelly drückt ihre Hand kräftiger an meine Rippen. „Du existierst!" Dann nimmt sie meine Hand und legt sie sich an die Brust. „Jetzt du bei mir." Mein Herz schaltet hoch in den fünften Gang, aber das von Kelly ist noch schneller. Sie existiert. Schräg hinter ihr sehe ich das Kaninchen sitzen.

8

Es wedelt mit dem Schwänzchen und hat die Ohren aufgerichtet.

„Still sitzenbleiben“, sage ich. Kelly dreht sich um. „Tu so, als würdest du es nicht sehen.“ Ich krieche vorsichtig auf Händen und Füßen zu ihm, es bleibt sitzen und seine Knopfaugen schauen mich verwundert an. Ich hebe es hoch und setze es sanft auf meinen Schoß. Seine kleinen Krallen an meinen Oberschenkeln kitzeln. Das Fell um seinen Hals ist hart vom vertrockneten Blut. Kelly kommt zu mir gekrochen und hockt sich vor uns.

„Du musst es aus seinem Leiden erlösen.“

„Es erholt sich“, sage ich. „Es blutet nicht mehr.“ Sein Schwänzchen wedelt. Es bleibt ruhig auf meinem Schoß sitzen. Ich streichele es.

„Du musst es umbringen.“

„Ich?“

„Du weißt, wie das geht …“

„Halt den Mund. Es stirbt nicht.“ Stöhnend dreht das Tierchen den Kopf weg und legt seine schwarzen Ohren in den Nacken. Ich halte einen Finger an seine

Oberlippe und versuche, ein paar Grashalme hineinzudrücken.

„So erstickt es“, sagt Kelly. Das Kaninchen hustet und spuckt Blut. „Igitt!“ Ich hebe es vorsichtig hoch und betrachte seine Unterseite. Mein Schoß fühlt sich feucht an.

„Was es wohl denkt?“, fragt Kelly.

„Kaninchen denken nicht.“

„Man sieht an seinen Augen, dass es etwas denkt. Ich sterbe, denkt es.“ Kelly setzt sich hin und zieht die Beine an. „Ich habe gesehen, wie kleine Lämmer umgebracht werden“, sagt sie.

„Wo?“

„Im Fernsehen.“

„Igitt.“

„Wenn du weißt, wie das geht, wirst du ganz von selbst Vegetarierin. Sogar ich. Sie steckten zu Hunderten in einen engen Verschlag und sprangen herum wie auf der Weide, aber aus Angst, das sah man an den Augen. Die quollen ihnen fast aus dem Kopf. Man sah sie denken: Wir sterben. Sie mussten nacheinander durch ein Tor zu einem Mann mit einer Pistole.“

„Du erzählst doch bloß was.“

„Tu ich nicht. Er trug einen weißen Overall und weiße Stiefel und eine weiße Mütze, und auf seinem Overall war Blut. Sie liefen zu dem Mann und man sah in ihren Augen, dass sie es wussten. Lämmchen wissen das. Kaninchen auch. Und das Schlimmste war, dass der Mann so freundlich aussah. Er hätte ein Nachbar sein können. Er hielt einem Lamm seine Pistole zwischen die Augen ..."

„Hör auf." Ich halte mir die Ohren zu. Kelly macht einfach weiter. Ich tue so, als würde ich sie mir ganz fest zuhalten, höre heimlich aber doch, was sie erzählt.

„Sie spielen klassische Musik in so einem Schlachthaus. Irre laute klassische Musik. Das soll die Tiere angeblich beruhigen. Das wäre gut fürs Fleisch, heißt es, wenn sie ruhig sterben. Kleine Lämmchen mögen Mozart. Also hängen sie mit den Hinterbeinen an den Fleischhaken und man hört Mozart. Und dann schneidet so ein Mann in einem weißen Kittel sie auf, von zwischen den Hinterbeinen bis zum Hals, und reißt ihnen die Eingeweide heraus. Die blöden Viecher haben sich in meinem Kopf festgesetzt." Kelly schüttelt den Kopf, als versuchte sie, die Lämmchen herauszuschleudern. „Manchmal wird mein Kopf ein Fernseher", sagt sie. „Voll übler Bilder. Ich zappe hindurch, ohne dass ich es will. Und manche Bilder werde ich nie mehr los. Die kommen immer wieder."

„Dann musst du an etwas Nettes denken."

„Das funktioniert nur für kurze Zeit. Sie kommen immer wieder."

„Bei mir auch."

„Manchmal wünschte ich, es gäbe einen Aus-Schalter an meinem Kopf."

„Manchmal hilft es, im Wind herumzurennen. Dann weht es dir den Kopf frei."

„Auch nur für kurze Zeit."

„Wenn ich hier sitze, hilft es auch, hier sehe ich nur ein einziges Bild. Ein Meer mit einem Himmel darüber."

„Es müsste verboten werden, so junge Lämmer umzubringen", sagt Kelly.

„Ich töte nie wieder ein Tier. Gestern habe ich noch eine Mücke totgeschlagen. Das war die letzte."

„Und heute eine Möwe."

Das Kaninchen auf meinem Schoß schaut mich an, es dreht das Köpfchen schief. „Das tut mir leid." Ich sage es noch einmal in mich hinein, es tut mir leid. Das fühlt sich gut an. Ich werde es öfter sagen, genau wie Kelly, die sagt es sehr oft. Das Dumme ist nur, dass ich zuerst etwas tun muss, was mir leid tut, ehe ich es sagen kann. „Es ist traurig, dass alle Leute Mücken hassen und sie deswegen totschlagen. Es sind durchaus schöne Tierchen, wenn man sie unter einer Lupe betrachtet."

Kelly schaut mich an. „Wozu brauchst du eine Lupe?"

„Eine Mücke hat kleine Elfenflügel. Hell und durchsichtig." Kelly gähnt. Ein gemachtes Gähnen.

Sie tut so, als würde ich etwas fürchterlich Langweiliges erzählen. Ich mache weiter und benehme mich absichtlich wie eine Lehrerin. „Die beiden Beinchen sehen aus wie Staubgefäße und das Köpfchen mit dem Fühler drauf hat etwas von einem Stempel, der aus einer schönen Blüte kommt."

„In Afrika", sagt Kelly, „sterben Kinder an Malaria. Das kommt von den Mücken."

„Ich war gerade am Erzählen", sage ich.

„Tausende Kinder."

„Gestern Abend habe ich mit der Mücke eine Vereinbarung getroffen."

„Millionen Kinder."

„Darf ich meine Geschichte zu Ende erzählen ..." Ich halte Kelly mit der Hand den Mund zu. „Wenn sie mich nachts in Ruhe ließe, würde ich ihr auch nichts tun."

Kelly schiebt meine Hand weg. „Man sieht sie im Fernsehen, die Kinder."

„Die Kinder im Fernsehen sterben vor Hunger", sage ich.

„Aber auch durch die Mücken. Die setzen sich in ihren Augenwinkeln fest."

„Das sind Fliegen."

„Mücken. Malariamücken. Sie verstecken sich zwischen den Fliegen und dann stechen sie. Und dann sterben die Kinder."

„Du kapierst es nicht“, sage ich. „Manche Tiere fühlen, wenn jemand es gut mit ihnen meint. Eine Katze zum Beispiel, oder ein Kaninchen. Die geben dann Köpfchen. Mücken nicht. Als ich aufwachte, war ich voller Beulen und habe sie mit meinem Latschen totgeschlagen. Sie hatte sich vollgesaugt mit meinem Blut. Das nächste Mal lasse ich sie durchs Fenster ins Freie. Da kann sie mich auch nicht mehr stechen.“

„Die letzte“, sagt Kelly. Sie holt eine Zigarette hervor und knüllt die Schachtel zu einem Pfropfen zusammen.

„Gehst du neue holen?“, frage ich.

„Geh du doch.“

„Ich sitze gerade so gut.“ Das Kaninchen hat sich in meinen Schoß geschmiegt. Kelly bricht die Zigarette durch und gibt mir eine Hälfte. Wir zünden sie an. „Wie sollen wir es nennen?“, frage ich.

„Gib ihm bloß keinen Namen! Sonst hängst du dein Herz daran und das macht es noch schlimmer, wenn es stirbt.“

„Es stirbt nicht.“ Ich halte ihm ein Büschel Gras vor das Mäulchen. Kelly nimmt die Kondompackung und holt ein paar heraus. Sie steckt sie in das vordere Fach meiner Strandtasche und die anderen tut sie wieder in ihre eigene Tasche zurück.

„Räum sie weg, nachdem du sie benutzt hast“,

sage ich. „Ich habe Kevin irgendwann mal eins abgenommen, er wollte es gerade in den Mund nehmen und aufblasen. Er dachte, er hätte einen Luftballon gefunden."

„Die Dinger liegen doch überall herum", sagt Kelly.

„Kevin hat immer alles Mögliche zusammengesucht." Ich schaue zum Strand und versuche, meinen kleinen Bruder hervorzuzaubern. Mit einer Schaufel und einem Eimerchen voll Muscheln am Wasser entlanghüpfend, auf der Suche nach angespültem Zeugs. Aber der Strand bleibt leer. „Er konnte die schönsten Sandburgen bauen."

Kelly schaut mich an. „Für sein Alter."

Ich schließe die Augen und sehe Kevin. Er setzt das Kondom an die Lippen und gerade bevor er tief Luft holt, um es aufzublasen, haue ich ihm eins um die Ohren. „Weg damit!", rufe ich und reiße ihm das Ding aus den Händen. Er fängt an zu weinen und rennt davon zu einem Ort irgendwo in meinem Kopf, wo ich ihn nicht mehr sehen kann. Ich öffne die Augen.

„Er konnte auch ein Scheusal sein", sagt Kelly. Sie winkelt ihr Knie an und zeigt mir ihre kleine Narbe auf ihrem Schienbein. Dorthin hatte Kevin sie irgendwann mit einer Schaufel geschlagen, als er wütend auf sie war.

„Manchmal schon, ja", sage ich.

„Komm, wir holen uns neue Zigaretten."

„Und was ist mit ihm?"

Kelly schaut auf das Kaninchen auf meinem Schoß. Sie nimmt meine Strandtasche, kippt sie um und schüttelt sie über ihrer Tasche leer. „Das nehmen wir mit." Sie pflückt etwas Gras und macht auf dem Boden meiner Tasche ein kleines Lager. „Den Reißverschluss nicht zumachen, sonst erstickt es." Sie stellt ihre Tasche neben die Bank.

9

Wir stehen auf und gehen durch die Dünen zur Snackbar. Ich bin barfuß. Die zerbrochenen Muscheln auf dem Weg piken mich sanft in die Fußsohlen. Ein schönes Gefühl. Kelly trägt ihre Slipper. Wir haben Jeans angezogen und unsere Sonnenbrillen aufgesetzt. Wir sehen gut aus. Der Mond ist am Horizont erschienen. Er ist fast voll und gibt viel Licht. Er wirft sogar Schatten auf unseren Weg. Wir kommen zu den Dünen der Schwulen.

„Hier liegt wirklich alles voll mit Gummis,“, sagt Kelly. „Gib Acht, wohin du trittst.“

„Es sind nette Jungs. Sie tun einem nichts.“

„Aber was sie miteinander tun, möchtest du als vierzehnjähriges Mädchen trotzdem lieber nicht sehen.“

„Nein.“

„Das ist was für über sechzehn.“

„Igitt.“

Als wir zu der Straße am Dünenrand kommen, sehen wir im Licht einer Laterne eine alte Frau am Straßenrand stehen. Sie stützt sich auf ihren Gehwagen. In dessen Gepäckkorb liegt eine Handtasche. Die Straße ist leer. Wir sehen uns an.

„Du“, sagt Kelly.

„Nein du. Ich habe die Tasche.“

Kelly schaut um sich. „Okay.“

„Warte“, flüstere ich. „Sie hat einen Hund.“

„Wo?“

„Da.“ Mit einem Kopfnicken zeige ich auf ein angeleintes kleines Tier an ihren Füßen.

„Das soll ein Hund sein?“ Kelly rückt ihre Sonnenbrille gerade und räuspert sich. Sie zieht ihre Slipper aus und steckt sie zu dem Kaninchen in die Strandtasche. Sie nähert sich der alten Dame, schnappt sich die Handtasche aus dem Korb des Gehwagens und rennt weg. Die alte Frau bleibt wie versteinert zurück und das Hündchen versteckt sich zwischen ihren Beinen. Ich stelle meine Strandtasche auf den Boden und sause Kelly hinterher. Sie läuft absichtlich nicht so schnell sie kann. Beim dritten Laternenpfahl hole ich sie ein, fasse sie an der Schulter und drücke sie zu Boden. Sie haut um sich und versucht mich abzuschütteln. Ich versetze ihr einen Schlag in den Magen, nur zum Schein, und reiße ihr die Tasche aus Hand. Bevor ich mich umdrehe, verpasse ich ihr einen Tritt, der aus einiger Entfernung wirklich übel aussehen muss. Kelly krümmt und windet sich. „Zieh Leine!“, rufe ich noch. Sie rappelt sich auf und stolpert stöhnend davon. Ich schaue zu der alten Frau, die sich wie ein Standbild an ihre Gehhilfe klammert. Ich gehe zu ihr.

„Gut, dass ich gerade vorbeigekommen bin", sage ich. Das Gesicht der alten Frau erwacht langsam zum Leben. „Ich kenne die da. Man nennt sie die Taschendiebin aus den Dünen. Haben Sie das nicht gelesen?" Das Hündchen hält sich mit gekrümmtem Rücken hinter seinem Frauchen versteckt, vor Schreck zitternd fängt es an zu pinkeln. Sein Fell hat hier und da kahle Stellen.

„Schön, dass es noch Mädchen gibt wie Sie", sagt die alte Dame. Ihre Stimme bebt und ihre Zahnprothese klappert. Ich will nicht hören, was sie sagt. Sie nennt mich „Sie". Ich will sie nicht anschauen, denn dann bleibt sie in meinem Kopf und weckt mich nachts auf. Ich will nur meine Belohnung und dann nichts wie weg, also tue ich, als würde ich schielen, und schaue über ihre Schulter zu der Snackbar am Ende der Straße, wo ein paar junge Burschen herumhängen. Sie sagt noch etwas, das ich nicht verstehen will, aber es klingt freundlich. Aus dem Augenwinkel sehe ich, dass sie ihre Tasche öffnet. Sie riecht nach Küche. Traurig, denke ich, so eine einsame Alte, die den ganzen Tag daheim hinterm Fenster hockt und abends vor dem Zubettgehen noch mal mit dem Hund Gassi geht. Ich will eine Zigarette. Sie nimmt einen Fünfeuroschein aus ihrem Portmonee.

„Hier, junges Fräulein“, sagt sie. „Für Sie.“ Ich strecke die Hand aus. Sie zittert nicht.

„Dankeschön“, sage ich. „Besser, Sie tragen Ihre Handtasche unter Ihrem Mantel. Und nicht in dem Korb da. Dann kommt keiner ran. Selbst nicht die Taschendiebin aus den Dünen.“ Ich nehme meine Strandtasche und helfe ihr, die Straße zu überqueren. Es kommt weit und breit kein Auto, aber ich tue es dennoch. Ich sage der Frau auf Wiedersehen und streichele dem Hündchen über den Kopf, es stinkt, dann drehe ich mich um und gehe ganz ruhig weg. Bis die alte Frau um die Ecke biegt, dann renne ich zurück auf den Weg, auf dem Kelly verschwunden ist.

„Joy!“, höre ich aus dem Gebüsch. Kelly kommt hervorgekrochen und schüttelt sich den Sand von den Händen.

„Hier“, sage ich. Sie nimmt den Fünfer und steckt ihn in ihr Bikini-Oberteil. Wir gehen langsam über den Bürgersteig weiter.

„Sie hatte eine kleine Schaufel“, sage ich.

„Für die Kacke“, sagt Kelly.

„Genau so eine Schaufel hatte Kevin auch.“

„Hier liegt viel mehr Hundekacke herum als bei uns. Wer hier über den Gehweg radelt, muss Slalom fahren.“

„Das ist ein Vorteil von einer Nachbarschaft voller Türken. Die haben keine Hunde."

„Je mehr Türken, desto weniger Kacke."

Die Jungs lungern noch vor der Snackbar herum. Sie sind ungefähr zehn Jahre alt. Sie rauchen und zwischen ihnen steht Crack Mezovic. Einer der Jungs schubst sie und Crack fällt um. Sie lachen. Als wir vorbeigehen, bleiben sie still und gaffen uns an, als wären wir Filmstars. Verglichen mit Crack Mezovic sind wir das auch. Sie pfeifen eine Melodie wie die Straßenarbeiter, wenn schöne Frauen vorbeigehen. „Zeigt mal eure Muschi!", ruft einer von ihnen. Sie fangen laut an zu lachen. Wir bleiben stehen und lassen sie lachen, wir schauen sie einfach nur an. Wir sagen nichts. Crack Mezovic rappelt sich wieder auf und sucht Halt an einem Mülleimer. Langsam hören die Jungs zu lachen auf. „Oder habt ihr vielleicht keine Muschi?", sagt einer, der außerhalb des Laternenlichts steht. Wir schauen einfach nur, ohne etwas zu sagen, die Arme vor der Brust verschränkt. Bis sie still sind. Dann treten sie ihre Zigaretten aus und ziehen ab.

10

Crack Mezovic lässt den Mülleimer vorsichtig los und rutscht weg. Sie sucht den Boden ab, als hätte sie eine Kontaktlinse verloren, und nach einigen Metern bückt sie sich, um eine Kippe aufzulesen, die einer der Jungs ausgetreten hat. Sie biegt sie gerade und steckt sie sich in die Hosentasche. Direkt vor ihr liegt ein weiterer Stummel. Er glüht noch und Crack steckt ihn sich in den Mund und nimmt einen Zug. Als wir näherkommen, hebt sie verwirrt den Kopf, als kämen wir von einem anderen Stern oder als würde sie sich fragen, auf welchem Planeten sie selbst wohl gerade wieder gelandet ist. Ihre Wimperntusche ist verschmiert und die Haare hängen ihr in filzigen Strähnen vom Kopf. Auf ihren Lippen befinden sich dunkelbraune Krusten, und als auf ihrem Gesicht ein vorsichtiges Lächeln erscheint, sehe ich, dass ihr ein paar obere Schneidezähne fehlen. Sie sieht aus wie jemand von hundert anstelle von vierzehn Jahren.

„Crack“, sagt Kelly, „was ist passiert?“ Kelly zeigt auf ihren Mund.

Crack runzelt die Stirn, aber es kommt keine Antwort. Von einem Freier ausgeschlagen, denke ich.

Sie grinst und mit zittrigen Händen nimmt sie den Stummel aus dem Mund und schaut, ob er noch brennt. „Ich …" Crack rutscht zu der Bank neben dem Mülleimer und setzt sich. „Ich habe sie noch", sagt sie mit heiserer Stimme. Wir stellen uns vor sie. Sie wühlt in der Tasche ihrer Trainingshose. „Das ist einer …" Zwischen ein paar Centmünzen und Zigarettenstummeln in ihrer Hand liegt ein blutiger Zahn. Sie legt ihn neben sich. Ihre Hand verschwindet wieder in der Hosentasche. „Und das ist … Nummer zwei." Noch ein Zahn. Danach zaubert sie einen dritten hervor. Sie legt sie in einem kleinen Halbkreis auf die Bank und hebt ein Stück Papier vom Boden auf. Sie legt die Zähne darauf, faltet es zusammen und steckt das kleine Päckchen vorsichtig in ihre Tasche zurück, damit eines Nachts die gute Zahnfee kommt und sie wegholt und gegen dreimal zwanzig Eurocent eintauscht.

„Komm", sagt Kelly. Wir gehen in die Snackbar und lassen Crack allein mit ihren Zigarettenkippen zurück. In der Snackbar ist nichts los. Hinter dem Tresen steht eine Frau, die wir nicht kennen. Ihre Frisur sieht aus wie ein blondierter Bausch Zuckerwatte und sie selbst hat die Form einer Seekuh. Die Musik gibt mir das Gefühl, durch ein verlassenes Einkaufszentrum zu gehen. An einem kleinen Tisch sitzt das Ehepaar, das immer dort sitzt. Wir kennen sie vom Sehen. Sie haben beide die gleichen rotweißen Trainingsanzüge an.

„Manche Leute ähneln mit der Zeit ihrem Hund“, flüstert Kelly. „Andere dem, was sie essen.“ Sie nickt der Frau zu, die gerade die letzten Bissen ihres Shoarma-Tellers in sich hineinstopft. Sie könnte, so wie sie ist, an den Drehspieß. Ihr Mann nimmt einen Bissen von seiner Hackfleischrolle spezial, mit Majo, Ketchup und Zwiebeln.

„Hallo, Sie“, sagt Kelly.

„Halt den Mund“, flüstere ich.

„Wissen Sie, was in so einer Rolle drin ist?“ Der Mann hebt den Kopf und wischt sich mit dem Handrücken die Mundwinkel sauber. „Ja“, sagt er und leckt etwas Mayonnaise von der Hackfleischrolle. Seine Frau nimmt einen allerletzten Bissen Shoarma und schiebt dann seufzend den Teller von sich weg. „Wir gehen“, sagt der Mann und schiebt sich seine Hackfleischrolle mit dem Zeigefinger in den Mund. Dann stehen sie auf. Die Trainingshose der Frau kann jeden Augenblick unter dem Gewicht ihres Hinterns aufplatzen. Der Mann kaut mit offenem Mund und ich sehe, wie er mit einem schmatzenden Geräusch die Hackrolle zu einem grauen Brei zermalmt. Die beiden trotten zur Tür und gehen wortlos nach draußen.

„Eine Marlboro Light“, sagt Kelly. Sie schiebt den Fünfer über den Tresen.

Die Frau schaut uns an. „Wie alt seid ihr?“

„Wieso?“, fragt Kelly.

„Na, so.“

„Sechzehn.“

Sie grinst, nimmt einen Lappen und wischt den Tresen sauber. „Wir verkaufen keinen Tabak an unter Sechzehnjährige.“

„Aber wir sind sechzehn“, sagt Kelly. „Wir kommen schon seit Jahren hierher!“

Zwei Männer betreten die Snackbar. Sie sehen aus, als könnten sie jeden Moment eine Pistole ziehen und die Kasse plündern. „Guten Abend“, sagt die Frau.

„Eine Boulette mit Brötchen“, sagt der eine Mann. Die Frau nimmt eine Boulette aus der Vitrine und dreht sich damit zur Fritteuse um. „Ich esse sie lieber kalt“, sagt der Mann. „Ich habe Hunger.“ Er steckt seine Hand in die Innentasche und scheint eine Pistole zu ziehen, aber heraus kommt ein Bündel Papiergeld.

„Für mich eine Hackfleischrolle spezial“, sagt der andere.

„Auch kalt?“, fragt die Frau.

Der Mann fischt einen Zehneuroschein aus dem Geldbündel. „Und ein paar lose Euros.“

„Eine Marlboro Light“, versucht Kelly es noch ein Mal.

„Komm“, sage ich leise. „Wir gehen.“ Die Frau zählt zehn Euromünzen hin und nimmt danach den Schein. Die Männer gehen zu dem Spielautomaten.

„Hallo Sie“, sagt Kelly zu einem der beiden, „wissen Sie eigentlich, was in so einer Hackrolle drin ist?“

Ich ziehe Kelly aus der Snackbar. Als wir draußen auf dem Gehweg stehen, zeige ich auf Crack Mezovic. „Die sieht älter aus als sechzehn.“ Crack versucht, eine Kippe, die sie gefunden hat, wieder in ihre normale Form zu biegen.

„Hier“, sagt Kelly. Crack schaut hoch und reißt ihr blitzschnell die fünf Euro aus der Hand. Kelly umfasst ihren Arm, denn wenn Crack will, kann sie auf einmal sehr schnell wegrennen. Ich bin am besten im Verstecken, aber Crack kann von allen, die ich kenne, am schnellsten weglaufen, viel schneller als ich, schneller sogar als Kelly. „Du gehst rein und kaufst eine Marlboro Light und dann kommst du sofort wieder raus und dann teilen wir die Zigaretten.“ Crack hält den Fünfer gegen das Licht eines Laternenpfahls und schaut, ob er echt ist. Sie steht vorsichtig auf und hält sich kurz an der Bank fest, um ihr Gleichgewicht zu finden.

„Bring deine Haare etwas in Ordnung“, sagt Kelly, aber sie hört es nicht, sondern ist schon losgewackelt.

„Lächeln", sage ich noch, „freundlich lächeln!" Wir sehen, wie sie hineinschlurft. Die Frau mit der Zuckerwattefrisur steht mit dem Rücken zu Crack und die beiden Männer spielen am Automaten. Niemand bemerkt, dass sie hereinkommt.

„Crack Mezovic wurde mal vergewaltigt."

„Sagt sie."

„Glaubst du das?", fragt Kelly.

„Du?"

„Ich hab dich gefragt." Die Frau hinter dem Tresen steckt eine Locke zurück, die sich aus ihrer Zuckerwattefrisur gelöst hat. Sie fragt Crack etwas. Die schiebt den Fünfer über den Tresen.

„Crack Mezovic sagt viel, wenn der Tag lang ist."

„Aber glaubst du es?"

Die Frau nimmt die fünf Euro und geht zu den Zigaretten.

„Ja."

„Ich auch."

Crack nimmt das Päckchen und reißt es auf. Sie holt eine Zigarette daraus hervor. „Mist!", sagt Kelly. Einer der beiden Männer am Spielautomaten hat Crack entdeckt und kommt auf sie zu. Er spricht sie an und gibt ihr Feuer. Crack gibt dem Mann eine Zigarette.

„Mist!", sage ich. Sie tuscheln miteinander.

„Gute Idee von dir", sagt Kelly. Crack beugt sich

zu dem Mann und flüstert ihm etwas ins Ohr. „Ich gehe und hole sie", sagt Kelly.

„Nein", sage ich. Der Mann klopft Crack auf die Schulter, bevor sie zur Tür stolpert. „Da kommt sie schon."

Wir stellen uns direkt vor die Snackbar, allerdings außerhalb des Lichtkegels, aber nahe genug, um Crack festhalten zu können, falls sie sich mit den Zigaretten aus dem Staub machen will. Als sie herauskommt, schaut sie mit einem abwesenden Blick um sich. „Crack!" Wir winken. Sie schlurft auf uns zu und gibt uns die Zigaretten. „Marlboro Light, hatte ich gesagt. Das hier ist Caballero. Ohne Filter!" Ich hole zwei Zigaretten heraus und gebe sie Crack. Sie steckt sie sich in die Hosentasche.

„Wie sagt man?", sage ich.

„Zieh Leine."

Ich stecke mir das Päckchen Zigaretten in die Gesäßtasche und wir ziehen Leine. Wir gehen zu einer Bank ein Stück weiter in der Straße, sodass Crack uns nicht belästigen kann, wenn sie noch mehr Zigaretten will. Die Bank steht unter einer Straßenlaterne, die immer an- und ausgeht. Ich zünde mir eine Zigarette an, beißender Rauch füllt meinen Hals. „Halt mich fest", sage ich. Kelly fasst mich am Arm. Der Rauch ätzt mir die Lungen kaputt und mein Kopf steigt wie ein Ballon in die Höhe. „Das sind keine Marlboro Light“, sage ich. Die Straße dreht sich und einen Moment lang scheint es, als würde ich schweben und mich selbst dastehen sehen, dann falle ich auf die Bank. Kelly setzt sich neben mich und zündet sich auch eine Zigarette an. Sie hält den Atem eine Weile zurück und bläst anschließend dem Rauch vorsichtig durch die Nase aus. Nichts passiert. Der Mann, der mit Crack an der Bar stand, kommt heraus, sein Freund nicht. Er steigt in sein Auto und fährt zu Crack, die an einen Laternenpfahl gelehnt dasteht. Sie steigt ein und zusammen fahren sie fort.

„Komm“, sagt Kelly. „Wir gehen.“

„Warte“, sage ich. „Mit so einer Zigarette kann ich das nicht. Da wird mir schwindelig.“

„Dann rauch weiter.“ Ich nehme vorsichtig noch einen Zug, aber es passiert zum Glück wenig. Alles bleibt, wo es ist. Ich gewöhne mich schon an die Caballero.

„Angenommen, man würde hier wohnen“, sagt Kelly. In der ganzen Straße gibt es vielleicht noch zehn Wohnungen, in denen Licht brennt. Der Rest ist zugenagelt.

„Schön ruhig. Keine nervigen Nachbarn.“

„Und doch ist hier alles voll Hundekacke.“

„Joy!“, sagt Kelly plötzlich und stößt mich an. Ein Streifenwagen biegt in die Straße.

„Bleib ganz still“, sage ich.

„Wieso?"

„Einfach so. Bleib still."

Das Auto bremst ab und kommt ganz langsam auf uns zu. Sie sind zu zweit. „Wir gehen weg und sagen nichts." Als das Auto fast bei uns ist, öffnet sich ein Fenster. Ein Beamter streckt den Kopf heraus.

„Tu, als würdest du sie nicht sehen", sage ich. „Wir wissen von nichts."

„He!", ruft der Polizist. Wir heben die Köpfe. „Na, ihr leckeren Chicks?" Er streckt die Zunge heraus und tut, als würde er an etwas lecken. Sie lachen und einen Moment lang leuchtet das Blaulicht auf. Danach fahren sie langsam weiter.

Wir stehen auf und gehen in die andere Richtung, bis Kelly sich plötzlich umdreht und ganz laut schreit: „Dreckige geile Bullenschweine!"

Das Auto hält und die Türen gehen auf, die zwei Beamten steigen aus. Sie bleiben neben ihrem Auto stehen. „Meine Damen!", ruft der eine, der die Zunge herausgestreckt hatte. Er gestikuliert, dass wir zu ihm kommen sollen.

„Wir sind vierzehn!", ruft Kelly. „Wir sind keine Damen!" Sie zeigt ihnen einen Stinkefinger. „Wir sind Kinder!"

„Halt den Mund!", flüstere ich.

„Fuck you!" Die Beamten kommen auf uns zu. Sie sehen aus wie dreckige geile Bullenschweine.

„Rennen!“, sage ich. Kelly tritt ihre Slipper aus und wir sausen über den Dünenweg.

„Mist!“

„Mist!“

Ich renne, aber die Strandtasche mit dem Kaninchen schlägt mir gegen die Knie und ich stolpere.

„Duck dich ins Gebüsch!“, ruft Kelly. „Ich lenke sie ab!“ Sie wird schneller und ich springe zur Seite, in die Büsche. Ich höre Kelly über den Muschelpfad wegsprinten, ich kauere mich zusammen und drücke die Strandtasche an mich. Die beiden Polizisten kommen angerannt.

„Hier ist eine ins Gebüsch gesprungen!“ Einer der beiden Männer bleibt stehen, der andere rennt weiter. Ich versuche, mich möglichst klein zu machen.

11

Zwei schwarze Schuhe kommen langsam auf mich zu, sie zertreten die Muscheln auf dem Weg. Direkt vor mir bleiben sie stehen und drehen sich. Ich sitze zusammengekauert zwischen den Sträuchern, die Dornen an den Ästen haben mir Arme und Schultern zerkratzt. Die beiden Schuhe schieben sich auf mich zu, bis zum Rand des Wegs. Eine Taschenlampe wird angeknipst. Ich versuche, auch weiter ruhig zu atmen, aber ich höre mein Herz bis unter meinen Scheitel pochen, noch ein wenig lauter und der Polizist hört es auch. Das Licht der Lampe kriecht vor mir über den Boden. Ich springe auf und bin geblendet. Das Licht erschrickt und ich sehe einen Polizisten hinterrücks auf den Muschelweg fallen. „Mist!"

Ich drehe mich um und renne weg, quer durchs Gebüsch, die Zweige schlagen mir ins Gesicht. Ich stolpere und falle und rappele mich auf und nehme meine Strandtasche und renne weiter, quer durch den Strandhafer. Ich renne schneller, als Kelly jemals gerannt ist. Ich renne über den Weg, zurück durch die Schwulendünen bis zur Dünensenke hinter unserer Bank, dann ist mein Atem alle und ich falle auf den Boden, mit meinem verschwitzten Gesicht in den Sand. Mein Körper zuckt, ich schnappe nach Luft und lasse die Strandtasche los. Dann fühle ich eine Hand im Nacken. Als ich mich umdrehe, sehe ich Danny Solares.

„Hi“, sagt er mit sanfter Stimme. Er streckt die Hand nach mir aus, und als ich sie greife, zieht er mich hoch.

„Was machst du hier?“, frage ich keuchend. „Wo ist Kelly?“ Danny Solares schaut mich an und zuckt mit den Schultern. Er hat den Kopf einer Schlange, man sieht nicht, was er denkt, man sieht nicht, ob er wirklich nicht weiß, wo Kelly ist. „Was machst du hier?“

„Ich sah dich wegrennen.“

„Du darfst nicht hierher kommen. Das hier ist verbotenes Gelände. Dieser Ort gehört uns.“

„Ich sah dich wegrennen.“ Er dreht sich um und setzt sich auf unsere Bank. Mit dem Zeigefinger tippt er gegen die Lehne und bedeutet mir, ich solle mich setzen. Ich tue, was er sagt. Dann knöpft er sich die Hose auf und schiebt seine Unterhose herunter. Er lehnt sich zurück und als er die Beine spreizt, rieche ich Orangen, WM-Kondom. Sein Schamhaar ist kurzrasiert. „Du darfst ihn ruhig anfassen.“ Er sagt es, als würde er mir ein seltenes Haustier zeigen, eine Eidechse oder so.

„Was wolltest du mit Kelly?“, frage ich.

„Nichts. Sie wollte was mit mir.“

„Sie hat einen Knutschfleck im Hals.“

„Nicht von mir.“

„Lass die Finger von ihr. Sie ist zu gut für dich.“ Danny Solares rutscht näher und legt mir seinen Arm um die Schulter. Seine Hand gleitet zu meinem Hals und streichelt mich in dem Grübchen am Schlüsselbein. Er kann mich jeden Moment umarmen oder wie eine Schlange erwürgen.

„Ich will nicht mehr“, sage ich.

Er zieht mich an sich. „Letzte Woche aber noch.“

„Da wollte ich auch nicht.“

„So hat es sich aber nicht angehört.“

„Geh weg. Ich will nicht mehr. Ich habe aufgehört. Es ist vorbei. Ich tue es nicht mehr.“ Er nimmt meine Hand und legt sie in seinen nackten Schritt. Etwas Feuchtes regt sich da. Ich lasse meine Hand liegen.

„Ich schlafe nur noch mit dem Richtigen“, sage ich.

„Der bin ich.“ Er dreht mein Gesicht zu sich und fängt mich mit seinem Blick. „Ich bin der Richtige.“

„Du bist einer von vielen. Das erste Mal muss etwas Besonderes sein.“

„Dein erstes Mal war etwas Besonderes.“

„Ja, für genau zehn Sekunden!“ Danny Solares schaut vor sich hin und hat keine Antwort mehr. Ich ziehe seine Unterhose über seinen Dödel und rutsche ein Stück weg, bis an den Rand der Bank. Da steht Kellys Strandtasche. Ich frage mich, wo sie steckt, sie hätte nämlich längst wieder hier sein müssen. Vielleicht haben sie sie geschnappt und sie wird festgehalten und verhört. Vielleicht haben diese Bullen sie in ihrem Auto gefesselt ... Ich springe auf, aber Danny Solares zieht mich sofort wieder zu sich und setzt mich auf seinen Schoß. Mit seiner einen Hand hält er meinen Oberarm fest. Es tut weh. Seine andere Hand streichelt sanft über meine Wange. Nicht in seine Augen schauen, denke ich. Durch ihn hindurch gucken, durch den Schlangenkopf hindurch gucken, denn er will nur das Eine. Ich nicht mehr.

„Hast du das in den Sand geschrieben?“, frage ich.

„Was?“

„Unten am Strand.“

Er runzelt die Stirn.

„Schon gut.“

„Was stand da denn?“

„I fuck Joy.“

Danny Solares lässt mich los und setzt sich gerade. „Bin ich nicht der Einzige?“, fragt er enttäuscht.

„Doch, du bist der Einzige.“ Ich erschrecke von dem, was ich sage, und drehe das Gesicht weg, aber es ist schon zu spät. Da kommen seine Hände wieder, die weichsten der Stadt, mit langen, schlanken Fingern und gefeilten Nägeln. Jedes Mädchen kennt sie. Wenn sie dich streicheln, tust du Dinge, die du eigentlich gar nicht willst, und wenn du ihm auch noch in seine Schlangenaugen schaust, verschlingt er dich.

„Du bist süß“, höre ich ihn sagen. Es ergibt ein Echo in meinem Kopf. Er wühlt in seiner Hosentasche und holt etwas hervor, ein Goldkettchen. „Für dich.“ Zwischen Daumen und Zeigefinger nimmt er es und hebt es hoch, sein Name baumelt in goldenen Buchstaben direkt vor meinen Augen. Danny.

„Mit so was läuft die halbe Stadt herum“, sage ich.

„Stimmt nicht. Die hier ist die Einzige.“ Er lässt die Kette vor meinen Augen hin und her baumeln, als wollte er mich hypnotisieren. „Ich habe sie von meinen Eltern. Meinen richtigen Eltern ... Aber die sind tot.“ Dann legt er sie mir an die Brust. Ein kalter Schauer durchfährt mich und ich bekomme eine Gänsehaut. „Echt Gold.“ Er hängt sie mir um den Hals und klickt sie zu. Gleich, denke ich, gleich fragt er mich auch noch, ob ich ihn heiraten will. „Passt schön zu den kleinen Delfinen in deinen Ohren.“ Sein Name brennt auf meiner Brust. Wir schauen übers Meer. „Dein Brüderchen ist doch auch tot?“, fragt er plötzlich.

Ich schaue ihn an. „Ja."

„Ertrunken."

„Woher weißt du das?"

„Das erzählt man sich."

Ich stehe auf und nehme Kellys Strandtasche und suche nach Zigaretten. „Hier", sagt Danny. Er gibt mir eine aus seiner Schachtel. Ich will nicht, dass mir schwindelig wird, denn ich muss einen kühlen Kopf bewahren, und so tue ich, als würde ich inhalieren, ich halte den Rauch einfach ein paar Sekunden lang im Mund und puste ihn dann aus. Danny Solares steht auf. Er nimmt einen Stein, nimmt Anlauf und wirft ihn in Richtung Meer. Der Stein verschwindet mit einem großen Bogen in der Dunkelheit.

„Ich war nur eine Pommes holen, und als ich zu seiner Sandburg zurückkam, war er ertrunken."

„Wie schlimm."

„Danny", sage ich. „Liebst du mich?" Seine dunklen Augen liegen tief in seinem Kopf, seine langen Wimpern haben etwas Weibliches. Sehr viele Mädchen sind in diesen Augen verschwunden. Mit dem Zeigefinger schiebt er mir einen Bikiniträger von der Schulter. Ich verschwinde in seinen Augen. Ich stehe auf. Er schließt seine Arme um mich und löst mein Bikini-Oberteil.

„Joy", flüstert er mir ins Ohr. Geh weg, will ich sagen, aber aus meinem Mund kommt nichts. Ich weiß nicht, was ich tun soll, ihn an mich drücken oder wegschieben.

„Ich liebe dich", sagt er. Ich ziehe ihn an mich. Ich will es nicht, aber es ist stärker als ich. Er küsst mich. Es schmeckt süß. Er küsst meine Nase, meine Augen und meine Stirn. Er küsst mich am Hals. Über seine Schulter sehe ich Kellys und mein Herz in der Lehne der Bank. Danny Solares küsst mich am Hals. Mein Oberteil fällt zwischen uns auf den Boden.

„Joy?" Kelly!

Ich lasse Danny Solares los und bedecke meine Brüste. Ohne uns anzuschauen geht Kelly an Danny und mir vorbei und nimmt ihre Strandtasche.

„Ich gehe nach Hause", sagt sie.

„Was tun?" Schnell hebe ich mein Oberteil vom Boden auf. „Er geht gerade", sage ich. „Er wollte gerade weggehen." Ich drehe mich um zu Danny Solares. „Los, geh schon!" Kelly grabscht meine Sachen aus ihrer Tasche und wirft sie auf die Bank. Sie tut, als wären wir Luft. Ich versuche, meinen Bikini wieder anzuziehen, aber ich bekomme den Verschluss auf meinem Rücken nicht zu.

„Du wolltest für das Tier sorgen", sagt Kelly, als sie in meine Strandtasche schaut.

„Geh weg, Danny", sage ich. „Ich will nicht mehr. Ich will dich nicht."

Kelly nimmt meine Strandtasche und kippt sie

aus. Das Kaninchen fällt mit einem dumpfen Geräusch auf den Boden. „Tot." Sie dreht sich um und geht weg.

„Kelly!"

„Kümmere dich um dein eigenes Scheißleben!", ruft sie, ohne sich umzudrehen.

Ich will hinter ihr her, aber Danny Solares hält mich an meiner Jeans fest und zieht mich an sich. „Sie will nicht mehr", sagt er.

„Lass mich los."

„Und immer diese Leier mit deinem kleinen Bruder!", höre ich Kelly noch aus der Dunkelheit rufen. Dann wird es still. Eine Wolke schiebt sich vor den Mond. Danny Solares lässt mich los, ich bleibe stehen. Kelly ist weg.

12

„Geh", flüstere ich.

„Nein", sagt Danny Solares.

„Geh!" Er umarmt mich.

„Zieh Leine", sage ich.

„Ich habe Pläne mit dir."

„Aber ich nicht mit dir." Ich drehe mich um, gehe zu der Bank und lese meine Sachen zusammen, die Kelly aus ihrer Tasche geworfen hat.

„Ich kenne Leute in New York", sagt Danny Solares.

„Ich nicht."

Er zieht mir das Badetuch aus der Hand und wirft es weg, drückt mich wieder an sich, legt meinen Kopf an seine Schulter und streichelt mich.

„Sch-sch …", flüstert er mir ins Ohr. Sein Haar riecht nach Rosen, seine Haut ist weich. Ich schaue in das dunkle Loch, in das Kelly verschwand.

„Was für Leute kennst du in New York?", höre ich mich fragen.

„Ganz verschiedene. Kannst du singen?" Ich zucke mit den Schultern. „Das kann man lernen", sagt er.

„Ich habe große Pläne mit dir, Kelly."

„Kelly?"

Danny Solares verfärbt sich, ich erschrecke. Zum ersten Mal sehe ich, was sein Schlangenkopf denkt. Zum ersten Mal werden seine Wangen rot und zeigt sein Mund ein schafsköpfiges Lächeln. Er denkt: Mist. „Ich heiße Joy", sage ich. „Kelly ist die andere."

„Das weiß ich." Seine Augen werden größer und sein Kopf wird zu dem eines Schafs. Ich schiebe ihn von mir weg. „Es war ein Versehen", sagt er. „Ihr habt Ähnlichkeit miteinander." Er geht einen Schritt zurück, als ich mir das Goldkettchen vom Hals reiße und es ihm ins Gesicht werfe.

„Joy ..."

„Zieh Leine."

„Es war ein Versehen!"

„Geh zu ihr. Geh zu deinem anderen Liebchen!" Ich laufe von ihm weg, aber nach etwa zehn Schritten bleibe ich stehen, um zu hören, ob er mir folgt. Es bleibt still. Ich warte. Ich warte auf seine Arme, die sich wieder um mich schließen werden, und auf seine weichen Lippen an meinem Hals, aber als ich mich umdrehe, ist er weg, die Stelle neben der Bank ist leer. Mist.

Ich gehe zum Dünenrand, um zu sehen, wo er geblieben ist. Er hätte mich packen und ich hätte mich losreißen müssen. Ich hätte ihn vor den Kopf stoßen müssen, weil er die Finger nicht von mir lassen kann. Ich renne auf die Spitze der Düne, aber eine Schlange wie Danny Solares ist im Dunkeln schnell verschwunden. Weggeschlichen. Zu einem anderen Mädchen. Zu Kelly. Nein, nicht zu Kelly. „Dreckiger Hurenbock!", rufe ich ihm hinterher.

Ich drehe mich um zu der Dunkelheit, in der Kelly verschwand, laufe dann aber direkt gegen den ausgestreckten Arm von Danny Solares. Er kneift die Augen zusammen. „Was hast du gesagt?", fragt er.

„Nichts." Er verpasst mir einen Schlag in den Magen, ich klappe zusammen und gehe in die Knie. Es ist, als würde mir der Magen in die Lunge schießen. Ich bekomme keine Luft mehr. Ich schnappe nach Atem. An meinen Lippen klebt Sand.

„Schlampe!", höre ich ihn noch von Weitem sagen, und als ich ihm aus den Augenwinkeln hinterher schaue, ist er wieder verschwunden.

Mein Magen zieht sich zusammen und die Säure kriecht hoch, brennt mir in der Speiseröhre und hinten im Hals. Ich will mich nicht übergeben, nicht jetzt, nicht durch so einen Schlag. Ich übergebe mich nicht wegen Danny Solares. Vor mir, etwa drei Meter entfernt, liegt das Kaninchen. Auch auf der Seite, die Beinchen angezogen, genau wie ich. Tot. Und doch scheint es mich anzuschauen. Ich ziehe die Knie an und wische mir den Speichel vom Gesicht.

Mein Magen sinkt langsam an seinen Platz zurück und ich kann wieder vorsichtig atmen. Ich schließe die Augen und sehe mich dastehen bei Kevins Sandburg, eine Pommes mit Majo und Erdnusssoße in der Hand. Der Strand ist voll mit spielenden Kindern, ausgenommen Kevin. Er ist nirgendwo. Der kleine Wassergraben rund um seine Burg ist leergelaufen. Ein Fähnchen, das er zu einem Eis dazubekommen hatte, weht im Turm. Ungefähr drei Meter weiter sehe ich sein Eimerchen; ein anderes Kind spielt damit.

Ich schaue um mich und suche Kevin. Ich bleibe ruhig, denn vor fünf Minuten, als ich bei der Strandbude stand, sah ich ihn noch. Im Wasser fängt ein Kind zu schreien an. Dann sehe ich Kevin. Ich erkenne ihn an der roten Badehose und seinem schmächtigen Leib, er treibt auf dem Bauch zu mir her wie eine Luftmatratze.

Ich schüttele den Kopf und versuche, das Bild meines ertrunkenen kleinen Bruders wegzuschieben, aber er treibt immer näher zu mir. Er wird blau. Ich hasse mich. Ich stoße mit dem Kopf so fest ich kann gegen den Boden. Ein paar Mal. Kevin treibt langsam von mir weg, er wird kleiner und dümpelt zu einer vergessenen Stelle irgendwo in meinem Kopf. Das Meer liegt reglos da, vom Vollmond erhellt, unheilverkündend fast, wie ein schlafendes

Monster. Mistmeer. Scheißmeer. Man weiß nie, ob es einen ruhig dahin dahindümpeln lässt oder ob es einen verschluckt und ertränkt.

Vorsichtig stehe ich auf und gehe zu dem Klamottenberg, um mein Handtuch heraus zu angeln. Ich wische mir das Gesicht sauber. Scheißstrand. Ich schaue zu dem Kaninchen. Es starrt mich mit seinen blinden Augen an. Als ich mich zu ihm knie, sehe ich ein graues, schleimiges Häutchen über seinen Pupillen. Ich wage nicht es anzufassen. Mit einem Zweig tippe ich es an, um zu sehen, ob es wirklich tot ist. Es ist steif, so als hätte jemand es gerade aus dem Gefrierfach geholt. Ich kann es nicht so liegen lassen; wenn die Möwen und Krähen es entdecken, fressen sie es ebenfalls leer. Dann doch lieber die Maden und Würmer, die sieht man nicht.

Direkt neben ihm fange ich vorsichtig an, ein Loch in den Sand zu graben, bis ich auf einen Stein stoße und mir einen Fingernagel abbreche. Ich habe Sodbrennen. Mit dem Zweig schubse ich das Kaninchen in das Loch, aber weil sein Köpfchen gedreht auf seinem Rumpf steht, ragen seine Ohren aus der Grube heraus. Sie zeigen gerade in die Höhe, und als ich sie plattdrücke, dreht sich der starre kleine Leib um und seine Pfoten ragen aus dem Loch. Es ist nicht tief genug. Als ich das Kaninchen wieder aus dem Loch zu heben versuche, zerbricht der Zweig.

Mir bleibt nichts anderes, als es doch mit spitzen Fingern an seinem Nackenfell zu fassen, aber als ich das vorsichtig tue, löst es sich und ich habe ein Büschel Haare in der Hand. Ich greife die Spitze eines Ohrs und ziehe es langsam aus dem Loch. Es fühlt sich viel schwerer an als zu Lebzeiten und das Ohr ist eiskalt.

Meine Hand zittert. Sodbrennen. Ich fühle, wie mir die Schweißtropfen übers Gesicht laufen. Eine dicke Schmeißfliege kriecht aus seinem Fell, nicht mehr lange und die ersten Maden kommen angekrochen.

Ich grabe schnell weiter, und zur Sicherheit mache ich das Loch extra tief, sodass es nicht wieder mit einem Ohr oder dem Schwanz herausragt. Als ich es zurückschiebe, fällt es auf dem Rücken in das Loch. Vorsichtig versuche ich, es auf die Seite zu ziehen, weil es dann schöner daliegt, so als würde es schlafen.

Ich schaue noch ein Mal und lasse dann etwas Sand auf es fallen, und danach noch etwas. Begraben ist ein übler Anblick, wenn jemand langsam unter der Erde verschwindet und man weiß, dass man ihn danach nie mehr wiedersieht, außer auf einem Foto oder so. „Tschüs", flüstere ich. „Tschau", antwortet das Kaninchen in meinem Kopf.

Ich versuche zu weinen, aber es klappt nicht. Ich

reiße die Augen weit auf, und ohne zu blinzeln warte ich, dass Tränen kommen. Ich breite die Arme aus und ziehe eine Miene wie jemand, der weint, aber es kommt nichts.

„Was machst du denn da?" Ich erschrecke und drehe mich um. Kelly steht direkt hinter mir.

13

„Du hättest zu mir kommen müssen", sagt Kelly.

Ich hebe ein paar Steine vom Boden auf und schichte sie auf die Stelle, wo das Kaninchen liegt. „Du warst nirgendwo."

„Was wolltest du mit Danny Solares?" Ich sage nichts. Ich warte, bis sie auf den Knien zu mir gekrochen kommt, um sich zu entschuldigen.

„Du hast mit ihm gevögelt", sagt Kelly. Ich schaue mich nicht um.

„Joy!"

Ich gehe zu der Bank zurück und setze mich. „Er ist zu dir gegangen", sage ich, ohne sie anzusehen.

„Ist er nicht."

„Er will dich."

„Ich ihn aber nicht. Du hast mit ihm gevögelt."

„Mein Fingernagel ist abgebrochen." Ich zeige ihr meine Hand.

„Du hast mit ihm gevögelt."

„Irgendwann", sage ich leise.

„Wann irgendwann?"

Ich hebe den Kopf. Kelly hat rote Augen.

„Du hast geweint."

„Ich fragte: Wann irgendwann?"

„Vorige Woche. Du hast geweint." Kelly kommt auf mich zu. Sie ballt die Fäuste. „Es war nichts", sage ich. „Es war gleich wieder vorbei."

„Ich hätte Lust, dich windelweich zu schlagen", sagt sie.

„Zehn Sekunden. Es war nichts." Kelly fasst mich an der Gurgel und drückt zu. Sie beißt die Zähne zusammen und drückt meinen Kopf nach hinten. Ich wehre mich nicht. Sie stemmt ihr Knie in meinen Schoß und hängt sich mit ihrem ganzen Gewicht an mich. Ich lasse sie gewähren.

„Wir vögeln nicht", sagt sie mit einer Stimme, die meiner ähneln soll. „Wir bleiben immer zusammen." Dann lässt sie los, aber ich spüre ihren Griff um meinen Hals immer noch. Sie schnappt nach Luft und fängt an zu weinen. Sie schlägt sich die Hände vors Gesicht. Ich stehe auf und will ihr meinen Arm um die Schulter legen, aber sie schiebt mich weg. Ihr Gesicht bleibt versteckt und die Tränen laufen ihr über die Handgelenke und die Unterarme bis zu den Ellbogen. Von da tropfen sie mir auf den Schoß.

„Ich habe es nicht getan, um dich zu ärgern", sage ich. „Es ging von selbst." Sie erwidert nichts. Ich lege meine Hand auf ihr Knie, aber sie stößt mich weg. „Sch-sch", flüstere ich, es hilft nichts. Vorsichtig ziehe ich meine Strandtasche zu mir und hole eine Flasche Cola hervor. „Möchtest du was trinken?“ Ich drücke ihr die Flasche in die Hand. „Hier.“

Sie fasst sie nicht an. „Geh weg“, sagt sie. Ich nehme selbst einen Schluck und bin dabei so leise, wie ich kann. Die Cola ist lauwarm.

„Es tut mir leid.“ Dann geht ihr Weinen langsam in Schluchzen über. Ein Glück. „Ich dachte, er würde lieb sein“, sage ich mit einer heiseren Stimme. „Er hat mich geküsst.“

Plötzlich zieht Kelly ihre Hände weg. „Und du hast ihn geküsst.“ Ihre Stimme überschlägt sich.

„Du auch.“

„Ich rede gerade von dir.“ Ich ziehe meine Füße an mich und Kelly schiebt sich von mir weg, sie setzt sich ans andere Ende der Bank.

„Ich dachte, er wäre der Richtige.“

„Und dann vögelst du gleich mit ihm?“

„Nein ... Ja.“

Ihr Gesicht ist nass und rot. Sie wischt sich den Rotz von der Nase und reibt sich die Augen. Sie nimmt mir die Colaflasche aus der Hand, trinkt ein paar Schlucke und rülpst. Wieder schießen ihr die Tränen in die Augen. Sie dreht den Verschluss auf die Flasche. Ich gebe ihr eine Zigarette, sie nimmt sie. Ihre Hände zittern. Als sie den Rauch ausbläst, klingt es wie ein Seufzer.

„Wieso kaufst du immer Flaschen?“, fragt sie.

„Na so.“

„Wie: na so?“

„Ist mehr drin.“

„Flaschen werden schneller warm.“

„Stimmt nicht.“

Kelly sieht auf einmal anders aus, nachdem sie geweint hat. Nicht schöner oder hässlicher ... aber anders, echter. Ich weiß nicht warum, aber so will ich auch aussehen.

„Dosen werden schneller warm.“

„Flaschen.“

„Dosen.“ Ich will sie umarmen und an mich drücken.

„Es gefällt mir, wie du dich erschreckst, wenn mir etwas Schlimmes passiert“, sagt sie. „Das mache ich bei meiner Mutter auch immer. Mit der Möwe, das war Absicht. Die hat sich nicht auf mich gestürzt, sondern auf den Müll. Ich wollte, dass du dich erschreckst ... und mich hinterher tröstest.“ Ihre Nase fängt wieder an zu laufen. Ich nehme ein Tempo aus meiner Tasche und drücke es ihr in die Hand. Ich schaue zu der Stelle, an der die Möwe liegen muss, aber es ist zu dunkel geworden, um sie noch sehen zu können. Vielleicht wurde sie schon von einem anderen Vogel oder einem Fuchs gefressen.

„Einmal, da habe ich meinen Kopf gegen eine Wand

gehauen", sagt Kelly. Sie macht aus ihren Händen ein Ei so groß wie das von einem Vogel Strauß. „Bis ich so eine Beule hatte, und danach bin ich zu meiner Mutter gegangen und habe gesagt, ich wäre zusammengeschlagen worden, weil sie immer so trank. Da hat sie mich den ganzen Tag lang verwöhnt. Essen vom Surinamer geholt, Video angeschaut und allein den Abwasch gemacht. Das macht sie sonst nie."

Ich versuche zu lächeln. „Ich habe es nicht absichtlich getan", sage ich. „Mit Danny Solares." Kelly wischt sich mit dem Handrücken die Nase sauber. Danach wischt sie sie an ihrer Hose ab.

„Ich hasse mich", sagt sie.

„Ich auch."

Sie schaut mich durch ihre Tränen hindurch an. „Du hasst mich auch?"

„Nein ... mich selbst ... Ich hole Jungs für Geld einen runter."

„Ich bin nichts."

„Ich noch weniger."

„Das gibt es nicht", sagt Kelly. „Weniger als nichts."

„Ich will nicht so werden wie Crack Mezovic."

„Ich auch nicht."

„Zum Glück haben wir unsere Zähne noch."

„Wir müssen zusammenbleiben. Dann traut sich keiner, uns zu verarschen." Kelly legt sich ihr

Handtuch auf den Schoß und ich rutsche vorsichtig ein bisschen an sie heran. Sie lässt es zu. „Ich habe meine Mutter nicht richtig belogen“, sagt sie. „Ich bin wirklich einmal zusammengeschlagen worden, weil sie meine Mutter ist, nur war das ein andermal, und da hatte ich nichts gesagt.“

Plötzlich tönt eine Sirene über die Dünen. Kelly springt hoch. Es kommt von der Stadtseite her. Ich stehe ebenfalls auf und steige auf die Bank und sehe ein Blaulicht hinter den Dünen.

„Was ist es?“, fragt Kelly.

„Mist!“

„Polizei?“

Ich ziehe Kelly auf die Bank. „Die Bullen kommen uns holen.“

„Mist!“ Ich fühle, wie Kellys Hand meine sucht. Als sie mich anfasst, durchfährt mich ein Schauder. Ein gutes Gefühl. Ich schaue sie nicht an. Sie drückt meine Hand und ich drücke zurück. „Wenn sie uns kriegen, lochen sie uns ein “, sagt sie.

„Wenn wir eingelocht werden, dann zusammen“, sage ich. „Wir haben alles zusammen gemacht. Wenn sie uns fragen, haben wir alles zusammen gemacht.“

„Was?“

„Alles.“ Hinter den Dünen erscheinen noch mehr Blaulichter. „Sie schicken eine ganze Bullenarmee auf uns los.“

„Vielleicht ist es einfach ein Unfall", sagt Kelly. Ich halte ihre Hand kräftig fest. Sie versucht, mich zu beruhigen. „Oder ein Einbruch."

Die Sirenen hinter den Dünen verstummen, aber die Blaulichter leuchten weiter. Zusammen mit dem Feuer des Leuchtturms ergibt das ein gespenstisches Bild. Als wären sie einem Serienmörder auf der Spur, der sich in den Dünen versteckt hat, oder auf der Suche nach zwei Mädchen mit einem Messer. Jetzt noch die bellenden Hunde und die Schlagstöcke. In dem Blau der Blinklichter erscheint plötzlich eine Rauchwolke über den Dünen, und Feuer. Eine Leiter schiebt sich bis über die Wohnungen in die Luft.

„Es ist nicht wegen uns", sage ich. „Es brennt."

14

Auf einmal tut es mir fast leid, dass die Sirenen nicht unseretwegen heulen. Wir hätten uns verstecken können, denn wir kennen hier genug Ecken und Winkel, und wenn sie uns mit ihren Spürhunden ausfindig gemacht hätten, dann hätten wir uns gewehrt. Ich mit einer Sonnenschirmstange und Kelly mit einer Steinschleuder. Bis zum Ende. Bis eine Übermacht von Hunderten von Polizisten uns überwältigt hätte.

„Wir sind vierzehn", sage ich. „Dann lochen sie einen noch nicht ein. In unserem Alter muss man nicht ins Gefängnis, sondern kommt zu irgendwas für die Jugend, mit nem Zaun drum herum. Crack Mezovic hat da schon gesessen."

„Gesessen!", sagt Kelly und lässt sich wieder auf die Bank fallen. „Siehst du, dass man da auch eingelocht ist?"

„Man kann da alles Mögliche tun, sagt Crack. Tischfußball. Darts. Rauchen. Es gibt einen Sportplatz."

„Ich mag keinen Sport. Und wenn du dahin

kommst, untersuchen sie dich. Auch von innen."

„Das machen Frauen", sage ich. „Und auch nur bei deiner Einlieferung. Crack hatte ein Dach über den Kopf. Und es gab warmes Essen."

Ich setze mich neben Kelly und drücke meinen Rücken gegen das ausgeschnittene Herz in der Lehne. Wir sagen ein Weilchen nichts. Kelly schaut auf den Boden, wo nichts zu sehen ist, nichts außer Sand. Ich mag diese Stille. Unter dem abgebrochenen Nagel meines Mittelfingers hat sich ein Bluterguss gebildet, zwischen dem Hellrosa ist ein blauer, ein violetter kleiner Mond zu sehen. Wenn ich draufdrücke, tut es weh.

Kelly schaut weiter in den Sand, als würde sie die Körner zählen. Ich warte, bis sie wieder etwas sagt. Ich finde es schön, wenn sie wieder etwas sagt. Ich zünde mir eine Zigarette an, aber sie reagiert nicht. Sie hat noch nie nicht um eine Zigarette gebeten, wenn ich mir eine anzündete. Ich puste den Rauch in ihre Richtung. Es ist schon fast zwei Minuten still und sie schaut immer noch auf den Boden und hält den Mund zusammengepresst. Ich beiße ein Stückchen von dem abgebrochenen Nagel weg. Kelly versucht, den Weltrekord „Schweigen in Gesellschaft" zu brechen, aber das schafft sie niemals, denn der Rekord „Quatschen für Fortgeschrittene" geht schon an sie. Und an mich.

„Wenn wir irgendwann sitzen müssen, mache ich einen auf fromm“, sagt Kelly plötzlich. Ein Glück, sie spricht wieder.

„Was?“

„Wenn wir einsitzen müssen. Dann fange ich an zu glauben. Das tun viele Gefangene. Wenn sie im Knast sitzen, sehen sie Gott. Danach helfen sie dann anderen Menschen und so, und erzählen an Schulen, dass man keine falschen Dinge tun soll.“

„Gott existiert nicht.“

„Das weiß ich. Aber falls es ihn doch gibt, dann werde ich an ihn glauben. In meinem Kopf steht ein Haus und manchmal, wenn ich im Bett liege und die Augen zumache, sehe ich es. An dem Fenster neben der Haustür hängt ein Schild. Hier wacht Gott, steht darauf. Ich habe auch schon mal angeklopft.“

„Und?“

„Keiner hat aufgemacht.“

„Na siehst du.“

„Aber am Abend danach bin ich wieder hingegangen. Da stand die Haustür einen Spalt offen, als hätte jemand eingebrochen, und als ich reinschaute, sah ich ihn. Gott. In einem Schaukelstuhl.“

„In deinem Kopf?“

„Ja.“

Kelly legt die Hände an die Schläfen. „Er saß etwas in sich zusammengesunken da und hatte ein

Ekzem an den Händen und rote Flecken im Gesicht. Und seine Hände zitterten. Und er hatte einen Tick. Sein eines Auge zuckte immer, und dann ging auch sein Mundwinkel nach oben."

„Alles in deinem Kopf?"

„Manchmal will ich an Gott glauben", sagt Kelly. „Dass er lauter gute Dinge für einen tut. Dass er jeden Tag die Sonne scheinen lässt und dich tröstet. Aber das macht er nie. Manchmal, wenn ich wütend bin, gehe ich noch mal bei ihm vorbei, Klingelputzen. Wenn ich ihn dann durch den Flur ankommen höre, renne ich schnell weg."

Ich schließe die Augen und versuche, das Haus Gottes zu finden. Ich gehe durch eine kleine Straße, in der der größte Teil der Fenster und Haustüren mit Brettern vernagelt ist. „Ich sehe es", sage ich. Es steht hinter dem ersten Wäldchen. „Es hat eine rote Tür und blaue Fensterläden. Hier wacht Gott."

„Nein. Das ist ein anderes Haus. Es hat einen kleinen Vorgarten, voll mit Brennnesseln."

„Vielleicht hat er ja zwei Häuser."

„Klopf mal an", sagt Kelly.

„Warum?"

„Nur so."

„Okay." Ich spiele Kellys Spiel mit. Ich öffne die Tür und gehe vorsichtig durch einen staubigen Flur. Auf Zehenspitzen. Auf dem Fußbodenbelag ist ein ausgetretener Pfad ins Wohnzimmer zu sehen. Es riecht muffig. In ihm steht eine kleine Holzkiste, die eine silberne Wasserschale enthält.

„Schau nach rechts", sagt Kelly. „Hängt da ein Jesus am Kreuz?"

„Ein Jesus? Nein."

„Dann hat er zwei Häuser." Ich gehe zum Wohnzimmer. Die Türfarbe ist abgeblättert. Da hängt ein Schild. Nicht stören, steht darauf. Ich lege den Zeigefinger gegen die Tür und schiebe sie vorsichtig auf; sie quietscht, als würde ich in ein altes Spukschloss eindringen. Ich suche den Schaukelstuhl, aber das Wohnzimmer ist verlassen. Nur ein Esstisch mit drei Holzstühlen steht da. Mitten auf dem Tisch ein voller Aschenbecher. Die Schiebetüren zum Vorderzimmer sind zu. Durch sie scheint rotes und blaues Licht. Vorsichtig gehe ich hin.

„Siehst du was?"

„Mist!" Ich öffne die Augen.

„Was ist?", fragt Kelly. Ich kneife sie wieder zu. „Was ist denn?"

„Er ist tot."

„Wer?"

„Gott." Ich schaue Kelly an.

„Nur in deinem Kopf", sagt sie. „Nicht in Wirklichkeit." Sie wirkt erleichtert.

Ich schlage ein Bein über das andere. „Wenn es

ihn wirklich gibt“, sage ich, „dann hatte er einen miserablen Tag, als er mich schuf. Als er uns schuf.“

„Wieso?“

„Was soll aus uns werden?“

„Nichts.“

„Siehst du.“ Ich nehme die Zigaretten. „Wenn wir irgendwann im Knast landen, mache ich keinen auf fromm. Ich schreibe ein Buch über mein Leben. Das tun auch viele Gefangene, über ihr Leben schreiben. Das kann auch helfen.“

„Über unser Leben“, sagt Kelly plötzlich begeistert. „Über Kelly und Joy.“

„Joy und Kelly, wolltest du wohl sagen.“

„Und dann denken wir uns ein Happy End aus.“

„Ich muss pinkeln“, sage ich. Ich stelle mich hin und knöpfe mir die Hose auf. „Sich vorher ein Happy End ausdenken geht nicht. Man weiß nie, ob man noch lange und glücklich lebt. Irgendwas passiert immer. Etwas Unschönes oder Schlimmes.“

„Wenn du willst, kannst du dir einfach ein Happy End zimmern. Wenn du nur willst. Genau wie bei Bambi.“

„Bambi?“

„Ja, Bambi.“

„Das ist was für Kleinkinder.“

„Ist es nicht. Für jedes Alter. Ich habe geweint wegen Bambi.“

„So schlimm war das doch gar nicht."

„Doch, als seine Mutter erschossen wurde. Das war schlimm. Trotzdem gab es ein Happy End. Das geht! Wir beenden unser Buch einfach mit: ‚Und sie lebten noch lange Zeit glücklich und vergnügt.'" Kelly lächelt.

„Okay", sage ich. „Wir leben noch lange Zeit glücklich und vergnügt." Ich gehe zu dem Gebüsch hinter unserer Bank. Ich schiebe meine Hose über die Knie und gehe in die Hocke.

„Am Schlimmsten scheint mir zu sein, wenn man stirbt und keiner merkt was", sagt Kelly.

„Wieso?"

„Wenn all die frommen Gläubigen zum Beispiel denken, dass Gott noch lebt, obwohl er längst tot ist. Und dass niemand es mitbekommen hat."

Mit einer Hand halte ich meine Hose etwas zur Seite, weil sie sonst nass wird. „In unserer Straße ist ein Mann gestorben", sage ich, „und niemand hat etwas mitbekommen. Wenn du dich übers Balkongeländer hängst, kannst du hinter seinem Haus ein Stück von seinem Garten sehen. Der steht voll mit Fahrrädern. Er sammelte alte Fahrräder. Mein Vater stand dabei, als sie ihn hinausgetragen haben. Er war schon wochenlang in seinem Haus vor sich hingefault und niemand hatte etwas gewusst."

„Einmal haben sie einen Mann gefunden, der

hatte mehr als ein Jahr lang tot in seinem Sessel gesessen“, sagt Kelly. Ich ziehe meine Hose wieder hoch. „Er war irgendwann zu Weihnachten gestorben. Als sie ihn fanden, lag die Fernsehzeitung mit der Seite vom zweiten Weihnachtstag aufgeschlagen auf seinem Schoß.“ Ich ging um die Sträucher zurück zur Bank. „Der Fernseher lief noch und auf dem Kaminsims hat die ganze Zeit über ein Plastikweihnachtsbaum geblinkt.“ Ich hebe ein paar Steine auf und lege sie auf das Grab des Kaninchens.

„Joy?“

„Ja.“

„Hat es nur zehn Sekunden gedauert? Mit Danny Solares?“

„Ja.“

„Mist.“

„Was?“

„Zehn Sekunden … Und danach?“

„Nichts.“

Kelly schaut aufs Meer. „Zehn Sekunden“, flüstert sie zu sich selbst. Sie betrachtet den Schnitt in ihrer Handfläche und reibt mit den Fingern darüber. Ich halte meine Hand daneben. Ich vergleiche die Schnitte. Meiner ist größer. „Er ist genau wie alle Jungs. Sie haben ein großes Mundwerk, bringen aber nichts zu Ende.“

„Bei mir jedenfalls nicht.“

„Bei mir auch nicht.“

„Sie denken nur an ein Ding.“

„Zwei“, sagt Kelly. „Auch an Fußball.“

„Sie rennen alle zusammen einem Ball hinterher.“

„Oder einem Mädchen.“

„Sie wollen so schnell wie möglich ans Ziel, sonst machen sie dich platt. Treten dich tot.“

„Fußball ist Krieg.“

„Krieg ist Fußball ... Oder?“

Kelly runzelt die Stirn und dreht sich eine Haarlocke um den Finger. Sie denkt angestrengt nach. „Nein“, sagt sie. „Fußball ist Krieg. Und Ficken ist auch Krieg.“

„Nicht immer“, sage ich. „Nicht, wenn du irgendwann den Richtigen findest.“

„Hattet ihr WM-Gummis?“

„Fiesta.“

„Fiesta?“

„Mit Bananen-Pfirsich-Geschmack.“

„Igitt.“

15

Ich versuche, die Steine auf dem kleinen Grab zu einer Art Pyramide aufzuschichten. Kelly nimmt meinen Klamottenberg und steckt ihn wieder in meine Strandtasche. Ihr rosa String fällt heraus.

„Joy?“

„Was?“

„Schaust du den Jungs ins Gesicht?“

„Nein. Nicht mehr ... sonst habe ich sie hinterher im Kopf. Die hässlichen Visagen und die unheimlichen Augen. Ich tue zwar so, aber eigentlich schaue ich geradewegs durch sie hindurch.“

Kelly nimmt einen Stein und legt ihn in das Dreieck ihres Strings. „Und wenn sie bezahlen?“, fragt sie.

„Dann halte ich nur die Hand auf. Ohne sie anzuschauen.“ Kelly spannt ihren String wie eine Schleuder. „Du musst nicht schießen“, sage ich, „sondern schleudern. Die Jungs im Fernsehen schleudern damit.“ Kelly schießt und der Stein fällt zwei Meter weiter in den Sand. „Du musst tun, als wäre Krieg, als würde wirklich ein Soldat vor dir stehen. Dann geht es besser.“

„Manchmal schießen sie so einen Jungen tot", sagt Kelly und setzt sich wieder neben mich.

„Für wen bist du in diesem Krieg?", frage ich.

„Die Juden."

„Warum?"

Kelly zuckt mit den Schultern. „Früher mussten wir immer zur Judengedenkfeier. Da hinten in den Dünen. Das fand ich traurig ... Darum, denke ich." Sie wirft den String zu ihrer Tasche.

„Meine Mutter war früher beim Grand Prix für Israel."

„Israel nimmt nicht am Grand Prix teil."

„Früher schon. Sie hatten schöne Lieder. Sie haben öfter gewonnen als wir. Glaube ich."

Ich denke an früher. Ich sehe mich in den Dünen stehen, Hand in Hand mit Kelly. Sie winkt in die Fernsehkamera, obwohl sie gesagt haben, dass wir das nicht dürfen. Wir sollen der Juden gedenken. Wir stehen mit allen anderen Kindern von unserer Schule in der ersten Reihe. Wir dürfen keinen Kaugummi im Mund haben, denn das ganze Land kann uns sehen. Ich will auch winken, genau wie Kelly, meinen Eltern daheim auf dem Sofa, aber ich traue mich nicht, wenn das ganze Land zuschaut. Man läutet eine große Glocke, deren Dröhnen mir jedes Mal durch den Leib geht. Mir zittern die Beine. Dann kommt ein Mann und bläst auf seiner Trompete und ich habe Angst, dass er eine falsche Note spielt und das ganze Land es hört. Ich kreuze meine Finger und zwicke Kelly in die Hand und hoffe, dass er nicht aus Versehen einen Fehler macht. Das fände ich traurig.

„Ich bin auch für die Juden“, sage ich.

„Die anderen schreien immer so im Fernsehen“, sagt Kelly.

„Besonders die Frauen mit Kopftüchern. Die schreien immer alle zusammen in die Kamera und mir ist dann immer, als würden sie mich ausschimpfen. Als wäre dieser Krieg meine Schuld.“

„Wenn sie so weiterschreien, schaut am Ende keiner mehr hin“, sagt Kelly.

„Kann man nicht als Regel einführen, dass in Kriegen nur mit den Fäusten gekämpft werden darf? Kriege dürfen nur noch mit den Fäusten ausgetragen werden.“

„Oder mit Ringkämpfen.“

„Und die ganzen Armeen dürfen nur noch miteinander ringen. Jeder mit einem in seinem Alter. Und wer gewinnt, hat gewonnen.“

„Das ist immer so“, sagt Kelly. „Wer gewinnt, hat gewonnen.“

„Und jeder, der bei dem Krieg nicht mitmachen will, darf die Hand heben. Und dem dürfen sie dann nichts tun.“ Kelly geht in die Knie und zusammen schichten wir die Steine weiter auf. Abwechselnd legen wir jede einen Stein auf den spitz zulaufenden Turm.

„Manche dieser Jungs sind noch nicht mal zehn, und wenn sie versuchen, einen Stein auf so einen Soldaten abzuschießen, schaffen sie es fast nie."

„Das Leben kann auf einmal vorbei sein."

„Schon gleich", sagt Kelly. „In einer Stunde. Wenn man an einer Haltestelle steht und sich unterhält und der Außenspiegel der Straßenbahn haut einem gegen den Kopf."

„Oder wenn man schön an seinem Gras knabbert und ein Adler springt einem in den Nacken."

„Ich habe im Fernsehen gesehen, wie so ein Junge erschossen wurde. Es sieht ganz seltsam aus, wenn sie einen erschießen. Als bekäme man einen Schock."

„Hast du Angst vor dem Tod?", frage ich.

„Ja."

„Ich auch."

„Man weiß nicht, wo man landet."

„Eigentlich müsste man vorher mal einen Blick riskieren dürfen."

„Sehen, ob man im Tod glücklich sein kann."

„Viel schlimmer als hier geht fast nicht."

„Es gibt Leute, die haben dem Tod in die Augen geschaut und sagen, sie hätten ein Licht gesehen und Frieden gespürt und fänden es schade, wieder lebendig geworden zu sein."

„Es gibt Leute, die sagen, dass man nie stirbt, sondern immer wieder zurückkommt. Allerdings in einem anderen Körper."

„Igitt."

„Vielleicht lebt man weiter in den Tierchen, die einen auffressen, wenn man begraben ist", sage ich. „Darum soll man auch nie eine Mauerassel totschlagen oder einen Käfer zertreten. In jedem Tierchen kann dein Geliebter weiterleben."

„Wenn du nach deinem Tod wiederkommst, als was wäre es dir dann am liebsten?", fragt Kelly.

„Ich will nicht sterben."

„Aber wenn du sterben musst und du kommst wieder, als was würdest du dann gern?"

„Sind Tiere auch erlaubt?"

„Ja."

„Als Delfin."

Kelly schaut auf die beiden goldenen Delfine in meinen Ohren. „Delfine sind schlau", sagt sie. „Die retten Menschen aus dem Meer und können behinderten Kindern das Schwimmen beibringen. Das will ich auch. Ich will auch als Delfin wiederkommen. Als goldener Delfin."

„Delfine lachen immer. Ihr Mund ist zu einem Lächeln geformt, so sind sie geboren, und sie hören über hundert Kilometer ihren Feind ankommen. Sie sind schlauer als wir. Aber den Kindern bringen sie nicht wirklich das Schwimmen bei. Die reiten einfach ein bisschen auf dem Rücken von so einem Tier mit. Wenn es wegschwimmen würde, ertrinken sie."

Kelly nimmt das Messer und fängt an, auf einem großen Stein herumzukratzen. „Wir nennen es Ninchen." Sie ritzt ein „N".

„Wir wollten ihm doch keinen Namen geben. Sonst hängt man sein Herz daran."

„Jetzt, wo es tot ist, doch nicht mehr."

„Okay", sage ich. Kelly kratzt weiter. „Hier ruht Ninchen. Ein ganz liebes Kaninchen."

„Wenn ich sterbe, will ich auch in den Dünen begraben werden", sagt Kelly.

„Das ist verboten."

„Wenn wir hundert sind, sterben wir zusammen, und wenn wir zu zweit in den Himmel kommen ..."

„Wir kommen nicht weiter als bis zum Fegefeuer."

„Auch gut."

„Nicht zu heiß und nicht zu kalt."

Kelly ritzt mit dem Messer einen schönen, schwungvollen Kringel in den Stein. Sie legt ihn auf die anderen.

„Wer würde uns vermissen, wenn es uns nicht mehr gibt?"

„Dein Vater?"

Ich zucke mit den Schultern. „Ich hoffe es."

„Unsere Mütter schon, denke ich."

„Die vermissen dich erst, wenn du wirklich nicht mehr da bist."

„Das ist logisch."

„In dem Augenblick, wenn du stirbst, zieht dein ganzes Leben wie ein Film an dir vorüber."

„Dazu brauche ich nicht zu warten, bis ich sterbe. Diesen Film sehe ich jeden Tag, und wenn ich sterbe, brauche ich ihn nicht noch einmal zu sehen."

„Ich auch nicht, und ich kriege diese Bilder nicht aus dem Kopf. Manchmal scheint es, als wären sie stärker als ich, sie kommen immer wieder, obwohl ich es selbst bin, die sie sieht. Ich will sie nicht sehen, und doch kommen sie immer wieder, und nichts hilft, sie zu verjagen. Durch den Wind laufen nicht und auch nicht, den Kopf unter die Dusche zu halten. Gegen eine Wand hauen nicht und schreien, während man den Mund in ein Kissen drückt, auch nicht."

„In ein Kissen?", fragt Kelly.

„Dann hören sie mich zu Hause nicht und ich kann trotzdem schreien."

„Aaahh!!!", schreit Kelly, so laut sie kann. Ihr Kopf wird rot. Sie schließt die Augen und ich sehe, wie sich ihre Pupillen hinter den Lidern schnell auf und ab bewegen. Sie sucht nach Bildern in ihrem Kopf, um zu sehen, ob sie weg sind.

„Ich habe nicht nur Angst vor dem Tod", sage ich,

„sondern manchmal auch vor dem Leben."

Kelly öffnet die Augen. „Das hilft auch nichts", sagt sie. Ihre Augen glänzen. Ich sehe mich selbst darin.

„Mein Leben", sage ich. „Davor habe ich manchmal Angst. Wie es weitergehen soll." Ich blinzele und fühle, dass auch meine Augen zu glänzen anfangen. Kelly kann sich jetzt ebenfalls sehen. „Manchmal, wirklich nur manchmal, ganz ab und zu, ganz ausnahmsweise, beinahe nie eigentlich, wäre ich lieber tot, und dann brauche ich auch nicht wiederzukommen. Dann bleibe ich lieber tot. Dann hoffe ich, es wäre vorbei. Auch mit den Bildern in meinem Kopf. Und ich sehe nur noch nette und schöne Dinge."

16

Kelly streicht mir eine Haarsträhne hinters Ohr. Dann nimmt sie meine Hand. Ein warmes, feuchtes Gefühl. Wir schauen uns an. Ihre Augen glänzen. „Ich habe noch Himbeerkekse", sagt sie plötzlich. Sie streichelt mir über den Kopf. „Möchtest du einen? Ich dachte noch, Joy mag Himbeerkekse, ich nehme welche für sie mit. Dass ich das vergessen habe!" Sie lässt mich los und sucht in ihrer Strandtasche. „Als ich heute Nachmittag wegging, dachte ich noch: Himbeerkekse!" Sie holt die Plastiktüte mit den geplätteten und zerkrümelten rosa Keksen hervor. „Hier!" Sie reißt sie über meinen Händen auf. Ich kann zwei Stück auffangen. Kelly nimmt die beiden anderen. Sie knetet sie zu einer großen Kugel. „Ich habe auch Schoko-Smileys", sagt sie. „Magst du Schoko-Smileys?"

Ich lecke mir die Finger ab und knete auch drauflos. Kelly stopft sich die Kugel in dem Mund und macht ein Gesicht wie ein Hamster, der beide Backen voller Nüsse hat. Ich nehme einen Bissen und der

Keks rutscht mir trocken wie Erdnussbutter die Speiseröhre hinunter. Es tut weh. Mir schießen die Tränen in die Augen. Kelly sagt etwas Unverständliches. Sie muss lachen und die Kekskrümel fliegen durch die Gegend. Ich suche Deckung und lache auch. Kelly nimmt eine Dose Cola. Als sie sie aufreißt, spritzt die Hälfte durch die Gegend. Sie setzt sie schnell an den Mund, aber die Cola kommt ihr wieder aus der Nase heraus. „Igitt!", ruft sie und hustet. „Warm." Der Keks liegt mir wie ein Stein im Magen. „Soll ich dich kitzeln?", fragt sie noch mit vollem Mund.

„Jetzt?"

„Ja."

„Nein."

„Du hast es doch gern, wenn ich dich kitzle."

„Jetzt nicht." Kelly legt ihre Hand zwischen meine Schulterblätter. Sie klebt. Ich schiebe sie nicht weg. Ihre Finger kriechen langsam in meinen Nacken. Es fühlt sich schön an. „Jetzt nicht", sage ich.

Aber Kelly achtet nicht auf mich. Sie schaut auf den Boden, sie tut, als würde sie mich nicht hören. Ihre Finger gleiten über meinen Rücken bis runter zum Steißbein. Es kitzelt. Ich lege meine Arme um meine angewinkelten Knie. Ich lache, ohne ein Geräusch zu machen. Kelly sieht es nicht und macht einfach weiter. Ich wehre mich nicht. Ich will, dass sie mich so fest kitzelt, wie sie nur kann, und dass ich dann so laut lache, wie ich noch nie gelacht habe, und dass es danach in Weinen übergeht. Ich weiß, dass manche Leute das können, ganz laut lachen und danach weinen.

Sie drückt mir die Finger in die Seite. Ich lache. Sie guckt lieb, als würde sie mich streicheln, aber sie kitzelt immer doller. Jetzt sind meine Achseln dran. Ich lache. Ich drehe und wende mich unter ihrem Griff. Tränen fließen, aber vor Lachen und nicht vor Weinen. Ich muss vor Lachen weinen.

„Komm!", ruft sie plötzlich. Sie lässt mich und steht auf. „Los, wir singen." Ich wische mir die Tränen vom Gesicht. Sie nimmt meine Hand, aber ich lasse los.

„Wir können nicht singen", keuche ich. Kelly geht mit feierlichen Schritten zur Dünenspitze. „Nein!", rufe ich. „Nein, nicht!" Sie wirft ihre langen, blonden Haare über ihre Schultern. Sie brüllt den Mond an. „Bitte, nicht schon wieder den König der Löwen!"

Aber sie will mich nicht mehr hören. Sie peitscht mit ihrem Schwanz und schüttelt ihr Hinterteil, und als sie auf der Dünenspitze steht, schlägt sie ihre Pranken in die Luft und schaut hinaus über das Meer. Ihr Meer. Sie holt tief Luft. Sie brüllt den Mond an und zeigt ihm ihre Zähne. Der Mond erschrickt und versteckt sich hinter einer Wolke. Ich halte mir die Ohren zu, aber es hilft nicht.

„Kann es wirklich Liebe sein?“, singt Kelly, so laut sie kann. Möwen fliegen kreischend auf. „Im sanften Abendlicht!“

„Stopp!“, rufe ich.

„Eeeendlich frei!“

„Simba!“

„Im Schutz der Dunkelheit ... Liebe ist erwacht!!!“

Simba streckt sich und brüllt wieder den Mond an, aber der lässt sich kein zweites Mal mehr bange machen. In meinem Kopf klingt Geigenmusik und schwillt zu einem ganzen Streichorchester an. Simba weht mit seiner blonden Mähne, das Meer verneigt sich, Kaninchen kommen aus ihren Höhlen und Fische springen aus dem Wasser, und einen Moment lang hält der Leuchtturm inne, als sein Suchlicht den König der Löwen entdeckt.

„Simba!“, rufe ich noch ein Mal.

Kelly dreht sich um. „Was ist, Nala?“

„Du bist mein König.“ Ich knie nieder und verneige mich. Ich breite die Arme aus.

„Das hier gehört uns, Nala“, ruft Simba. Sein Gesicht strahlt. Mit einer großen Geste beschreibt er den Horizont. „Komm und sieh! Und verneige dich nicht vor mir, Nala!“

„Denn wir sind eins“, sage ich zu mir.

„Denn wir sind eins!“, ruft Simba. Ich stehe auf

und renne zu ihm. „Das hier ist unsere Welt. Sie gehört uns. Hier leben wir."

„Hier herrschen wir", sage ich. Die Sterne funkeln und der Mond blinzelt zustimmend.

„Hier sitzen wir und rauchen."

„Hier quatschen wir."

„Im sanften Abendlicht."

Ich blicke hinweg über unser Königreich. Über das endlose Meer und den Strand, der vom Leuchtturm erhellt wird, genau wie die Dünen. Und hinter den Dünen die gelbe Glut unserer Stadt. Unserer Scheißstadt. Das ist unsere Welt. Unsere Scheißwelt. Es ist still um uns her. Alle schlafen, ausgenommen wir. Wir wachen über unser Königreich. Kelly nimmt zwei Zigaretten und klemmt sie sich zwischen die Lippen. Sie zündet sie an und gibt mir eine. Wir beobachten ein Schiff, das in der Ferne den Hafen verlässt. Kelly sitzt mit angewinkelten Knien da und inhaliert.

„Früher wollte ich die Welt verbessern", sage ich.

„Psst!", sagt Kelly.

„Ich wollte Kindern helfen. Ich wusste nur nie, wie."

„Halt mal den Mund." Kellys Augen folgen dem Schiff, das Container geladen hat. Auf der einen Seite brennt ein grünes Licht, an der anderen ein rotes.

„Kindern in Afrika", sage ich.

„Da könnten wir jetzt sein", sagt Kelly. „Wir

könnten jetzt auf dem Schiff da sein. Um die Welt." Ich blase ihr sanft meinen Rauch in die Augen. „Hör auf."

„Kinder in Afrika werden als Soldaten benutzt. Und sie müssen anderen die Arme und Beine abhacken. Zuerst werden sie gezwungen, aber später machen sie es von sich aus."

„Weißt du, wie gern ich manchmal von hier weg will?", sagt Kelly. Das Schiff dreht langsam aufs offene Meer hinaus. Wir sehen sie nicht, aber wir hören, dass hungrige Möwen dem Schiff folgen.

„Liebst du deine Mutter?", frage ich.

Einen Moment lang dreht Kelly ihr Gesicht zu mir, dann schaut sie wieder zu dem Containerschiff.

„Ich versuche, sie zu hassen, aber ich schaffe es nicht."

„Meine Mutter weint fast jede Nacht", sage ich. „Jede Nacht!"

„Immer noch?"

„Ich höre sie durch die Wände hindurch."

„Im Dunkeln im Bett kommt einem das Leben manchmal anders vor", sagt Kelly.

„Und meinen Vater höre ich nie."

„Der schläft in seinem Mercedes."

„Ich denke nicht, dass sie mich lieben."

„Genau wie meine Mutter", sagt Kelly. „Eigentlich muss ich von ihr weg. Sie verdient es nicht besser. Eine

Mutter, die die Flasche mehr liebt als ihre Tochter."

„Sei nicht so selbstmitleidig."

Sie wischt sich ein paar Kekskrümel aus den Mundwinkeln. „Manchmal gefällt es mir, so zu sein", sagt sie.

„Ich habe kein Mitleid mit dir."

„Manchmal hoffe ich, dass mir etwas Schlimmes zustößt, damit andere Mitleid mit mir haben können. Nichts ganz Schlimmes, sondern einfach ... was ziemlich Schlimmes."

„Dass deine Katze stirbt."

„Wir haben keine Katze."

„Dass dir dein Fahrrad gestohlen wird."

„Das ist nichts, weswegen man Mitleid hat."

„Dass deine Eltern nicht zum Elternsprechtag kommen."

„Ja, so was. Oder wenn du die leeren Flaschen deiner Mutter zum Glascontainer bringst."

„Was ist daran denn schlimm?"

„Wenn man eine Flasche in einen leeren Container fallen lässt, dann macht das so einen Krach, dass hinter allen Vorhängen sofort jemand hervorschaut. Dann habe ich Lust, wegzugehen und nie mehr wiederzukommen."

„Simba?", sage ich.

„Was?"

„Ich liebe dich."

Kelly hebt den Kopf. „Wieso?"

„Nur so."

„Du stellst dich bloß an."

„Nein."

„Du schleimst."

„Nein."

„Niemand liebt mich."

„Sei nicht so selbstmitleidig."

„Du brauchst mich nur deshalb, weil du sonst keinen hast."

„Stimmt nicht."

„Wen hast du denn sonst noch?"

„Keinen."

„Siehst du."

„Aber nicht deswegen."

„Weswegen dann?"

„Einfach so. Ich weiß nicht."

„Jeder, den ich liebe, geht drauf."

„Nur deine Mutter."

„Meine Mutter ist jeder."

Ich schnippe meine Zigarette weg, stelle mich hin und forme meine Hände zu einem Trichter. Das Herz schlägt mir bis zum Hals. „Ich liebe Kelly!!!", schreie ich über die Dünen.

„Halt den Mund", sagt Kelly. Sie nimmt einen Zug von ihrer Caballero. „Braucht ja nicht gleich die ganze Stadt zu wissen."

Es fühlt sich gut an, mein Körper bebt. Ich stelle mich auf die Bank. „Da!“, rufe ich. „Es ist kein Haus, das brennt, es ist ein Freudenfeuer. Für uns! Aus Weihnachtsbäumen und Autoreifen.“

„Das gibt es nur zu Silvester.“

„Die Stadt rückt aus, um uns zu ehren!“, rufe ich mit feierlicher Stimme.

Kelly zweifelt einen Moment, ob sie aufstehen und nachsehen soll, ob unseretwegen wirklich Autoreifen angezündet werden, aber dann zieht sie mich am Bein und ich setze mich wieder neben sie auf den Boden. In dem Päckchen ist nur noch eine Zigarette. Ich breche sie mittendurch und gebe Kelly eine Hälfte.

„Mit diesen Kindersoldaten in Afrika heißt es aufpassen“, sagt sie. „Du bringst ihnen bei, wie man Fußball spielt oder ein Bild malt, und Jahre später können sie immer noch plötzlich ein Messer nehmen und dir den Arm abschneiden. Diese Kinder sind nicht mehr zu retten. Man kann besser solchen helfen, die verhungern.“

„Davon gibt es auch zu viele. Das ist das Schlimmste: Wenn man die Welt verbessern will und nicht weiß, wie. Ich habe irgendwann mal die Haustüren abgeklappert, um Süßigkeiten für die Kinder in Afrika zu sammeln.“

„Wie alt warst du da?“

„Zu jung. Als ich eine Tüte voll hatte, wusste ich nicht, wohin ich sie schicken sollte, und habe alles selbst aufgegessen."

Kelly legt sich auf den Rücken. Sie hat einen tiefen Bauchnabel, anders als meiner, der fast wie ein Knoten auf meinem Bauch liegt. Ich finde ihren nicht hässlicher oder schöner, sondern einfach nur anders. Wenn wir aufeinander lägen und ich würde meinen Bauch rausstrecken, würde mein Nabel genau in ihren passen. Sie dreht sich auf die Seite und zieht die Beine an. Ihre Fußsohlen sind schwarz. Unter ihrem rechten Fuß ist braun aufgetrocknetes Blut. „Ich friere", sagt sie. Sie reibt ihre Füße aneinander und stützt das Kinn in die Hände. Sie stellt sich an, es ist nämlich überhaupt nicht kalt. Ich sehe auch nirgendwo Gänsehaut auf ihren Armen oder Beinen. „Ich auch", sage ich. Meine Hand geht zu ihrer Schulter. Ich schmiege mich an sie.

„Kinder, die verhungern, haben überhaupt nichts von Süßigkeiten. Die müssen anfangs ganz kleine Löffelchen Brei bekommen, leicht verdaulich, sonst sterben sie doch noch, wenn sie mit einem Mal zu viel Süßes bekommen. Also ist es nicht schlimm, dass du es aufgegessen hast." Wir liegen in Löffelchenstellung. Ich fühle Kellys Hintern an meinem Unterbauch. Ihren weichen und zugleich knochigen Hintern. Ich rieche das Meer auf ihrer Haut. Eine

Strähne ihrer salzigen Haare klebt an meinen Lippen. Der Sand auf ihren Schultern fühlt sich warm an. Ich lege vorsichtig meine Hand darauf. Als ich einen Bikiniträger ein bisschen beiseite schiebe, sehe ich einen schmalen weißen Streifen, der über ihre Schulter verläuft. Ich streiche mit dem Finger darüber, bis zu der Kuhle an ihrem Schlüsselbein.

„Joy." Kelly nimmt meine Hand und küsst sanft meine Finger. „Ich will so liegen bleiben." Sie betrachtet den abgebrochenen Fingernagel.

„Ja, wir bleiben immer so liegen", sage ich.

„Bis sie uns finden."

„Niemand sucht nach uns."

„Wir bleiben trotzdem einfach liegen. Bis es hell wird."

Denkst du, dass Joy und Kelly Freundinnen bleiben?

Jetzt mitreden über DSODW und ein exklusives ›Joy & Kelly Survival-Kit‹ gewinnen!

Was du dafür tun sollst?

Geh jetzt auf unsere Facebook Seite von
DSODW
und klicke auf
gefällt mir!

Anschließend schreib an die Pinnwand, was dir ganz besonders an dem Buch gefallen hat, oder was du denkst, wie es mit Joy und Kelly weitergehen wird.

Unter allen Facebook-Fans verlosen wir
10 ›Joy & Kelly Survival-Kits‹

Und es gibt noch mehr:
ebenso verlosen wir
10 vom Autor persönlich signierte Exemplare!

Dazu gibt es immer wieder interessante Neuigkeiten über DSODW und weitere Bücher von Derk Visser!

Also, jetzt mitmachen und gleich anmelden!

Wir freuen uns dich auf unserer Facebook Seite begrüßen zu dürfen: ›Der schönste Ort der Welt‹

http://www.facebook.com/pages/der-schönste-ort-der-welt/158464914225774

Teilnahmeschluss ist der 31.12.2012. Der Rechtsweg ist ausgeschlossen. Mitarbeiter des ›Staudt-Verlag‹ und deren Angehörige sind zur Teilnahme nicht berechtigt.

Ausschnitt aus der Parabel

DER BLAUE SMARAGD

ein Märchen ohne Hoffnung

von Richard K. Breuer

Als der Morgen dämmerte, machte ich mich von der Berghütte auf den Weg ins Tal. Die ersten Sonnenstrahlen verscheuchten den feuchten kühlen Nebel, der sich in der Nacht auf den schmalen Pfad legte und es dauerte nicht lange, bis die Müdigkeit einer wohligen Zufriedenheit Platz machte. Ich träumte vor mich hin und eh ich es bemerkte, war ich am falschen Weg, der mich nicht ins nächste Dorf führte, sondern auf ein großes Plateau, das von Hügeln und Bergen eingefasst war und grau in grau vor mir lag. Ich sah nur Steine und Felsen; in allen Größen und Formen lagen sie verstreut herum. Trostlos war es hier. Schon wollte ich kehrt machen, als ich in der Mitte dieses steinernen Sees einen Baum bemerkte. Zuerst dachte ich, dass mir meine Augen einen Streich spielten, weil ich nicht glauben konnte, wie ein Baum in dieser grauen Ödnis überleben hätte können. Der Neugierde verpflichtet, ging ich näher, schritt über die vielen Steine, die wie tot vor mir lagen und kam in die Mitte des Plateaus und zum Baum, der knochig und trocken dem harten Boden trotzte. Kein Blatt war an seinen Ästen zu sehen, trotzdem stand er mächtig in der Mitte dieser tristen Landschaft und verlieh ihr einen Hauch von Lebendigkeit. Ich ging ein Stück näher und berührte die Baumrinde. Sie fühlte sich kühl und feucht an. War das nicht merkwürdig? Hier schien es kein Wasser zu geben, nichts gedieh, nichts blühte. Nur Steine und Felsen. Aber bevor ich weiter darüber nachdenken konnte, hörte ich eine Stimme hinter mir. Erschrocken zuckte ich zusammen und drehte mich zu der Stimme. Ein alter Mann, gebückt auf einem Stecken, grüßte mir freundlich zu. Nach dem sich meine Überraschung gelegt hat, erwiderte ich seine Begrüßung ebenfalls sehr freundlich. Wir reichten uns die Hände. Ich fragte ihn, ob er wisse, was es mit diesem seltsamen Baum auf sich habe, der dieser kargen Landschaft trotzt. Der alte Mann nickte und setzte sich schwerfällig auf einen großen abgeschliffenen Felsbrocken. Er sah zu mir, dann zum Baum und begann nun jene Geschichte zu erzählen, die ihm sein Großvater anvertraute, als er noch ein Kind war. Und ich werde sie nun getreu wiedergeben.

Die Geschichte beginnt vor langer, langer Zeit, als der schrecklichste Winter die sesshaften Familien aus dem Norden zwang, ihre Dörfer zu verlassen und gen Süden zu ziehen. Aber diese Reise war gefährlich und äußerst beschwerlich. Ein langer Marsch musste zurückgelegt, viele hohe Berge überwunden und Pässe in die Täler gefunden werden. Bald schon machte sich unter den Familien Mutlosigkeit breit, denn wohin sie auch blickten, überall versperrten ihnen die dichten Schneemassen den schmalen Weg, der ins Tal führte. Ihr karger Proviant ging bereits zur Neige und die Mütter und Väter weinten heimlich, wenn sie sahen, wie ihre Kinder vor Hunger litten. Es war diese eine Nacht, als sie die letzten Brotkrümel unter sich aufteilten, da fand ein junges Mädchen einen blauen Raben im Schnee. Er war verletzt und zitterte vor Angst und Kälte. Das Mädchen brachte den Raben zur Mutter und in Windeseile kamen alle zusammen und bestaunten dieses sonderbare Tier. Noch nie hatten sie einen Vogel mit blauem Gefieder gesehen. Wie dem auch sei, die Mütter waren sich einig, den Vogel zu braten und unter den Hungrigsten aufzuteilen. Dadurch hätten sie wieder ein paar Tage Zeit gewonnen, um einen Weg ins Tal zu finden. Aber das Mädchen schüttelte den Kopf. Sie sagte, dass ihr der Rabe versprochen hätte, einen Weg zu zeigen, der geradewegs in ein fruchtbares Tal führen würde, wenn man ihm nichts tue und ihm nur ein wenig zu essen gäbe. Die Mütter waren uneins und fragten die Weiseste unter ihnen. Die alte Frau nahm den Raben in ihre Hand, strich eine Zeit lang über sein blaues Gefieder und meinte schließlich, dass dieser schöne Rabe ein besonderes Geschenk der Natur sei und man ihm kein Leid antun dürfe. Die alte Frau reichte dem kleinen Mädchen den Raben, die diesen in eine warme Decke hüllte und ihm mit ihrer letzten Brotrinde fütterte. Die Mütter und Väter beratschlagten, wie es jetzt weitergehen würde, da ihr Proviant verbraucht und die Schwächsten sich kaum mehr auf den Beinen halten konnten. Da kam das kleine Mädchen zu ihnen und sagte, dass der Rabe sein Wort gehalten und von einem Weg erzählt hätte, der in ein besonderes Tal führte. Aber sollen sie dem Raben vertrauen? Da ihnen nichts anderes übrig blieb, machten sie sich am nächsten Morgen auf und folgten dem kleinen Mädchen, das den Raben im Arm trug.

Ja, es war ein Wunder, ein großes Wunder, als sie einen begehbaren Pass über den Berg fanden und ins Tal absteigen konnten. Am zweiten Tag kamen sie endlich auf dieses Plateau, das in der Sonne vor ihnen lag. Von solch einem fruchtbaren Land hatten sie auf ihrem leidvollen Weg immer geträumt. Sie dankten dem Himmel und der Erde. Aber wenig später mussten sie betrübt feststellen, dass die Quellen in der Nähe kein Wasser gaben. Im Sommer, sagten sich die Ältesten, würde dieses blühende Plateau austrocknen und eine unfruchtbare Wüste werden. Enttäuschung machte sich unter ihnen breit und man wollte bereits weiterziehen, als das kleine Mädchen zu ihnen kam. Sie hatte einen blauen Edelstein in der Hand. Dieser Edelstein hatte die Form eines großen Wassertropfens. Woher sie diesen habe, wollten die Mütter wissen. Und wo der Rabe sei, wollten die Väter wissen. Das kleine Mädchen zeigte in den Himmel. Der Rabe habe sich von seiner Verletzung erholt und sei davongeflogen. Aber bevor er sich von ihr verabschiedete, gab er ihr diesen Edelstein. Man müsse, so sagte das Mädchen, den blauen Stein in die Erde geben und mit ihren gesamten Wasservorräten begießen. Dann würde über Nacht ein Baum erwachsen, an dem viele dieser blauen Steine wie Früchte herabhingen. Pflückte man einen dieser Steine und gibt diesen in ein Gefäß, so würde dieses augenblicklich mit dem besten Wasser gefüllt sein. Oder man vergräbt einen dieser Steine, begießt diesen mit Wasser und über Nacht entsteht ein neuer Baum, der wiederum diese blauen Früchte trägt.

Die Mütter und Väter bestaunten den blauen Stein, der das Sonnenlicht so wunderschön reflektierte. Es sei ein blauer Smaragd, sagte die Weiseste und dankte dem Himmel und der Erde für dieses Geschenk. Als die Sonne hinter den Bergen verschwand, wurde der blaue Smaragd in die Erde vergraben und mit den Wasservorräten aller Familien gegossen. Am nächsten Morgen, wie es das kleine Mädchen vorhergesagt hatte, war an der Stelle, wo sie den Edelstein vergraben hatten, ein großer Baum erwachsen, der kleine blaue Edelsteintropfen von seinen Ästen herabhängen hatte. Und tatsächlich, wenn man einen dieser Tropfen pflückte und in ein Gefäß gab, so war es augenblicklich voll gefüllt mit dem besten und kostbarsten Quellwasser. Und wenn man einen dieser Tropfen pflückte und in die Erde gab, mit Wasser goss, dann …